金田一探案集⑧

三首塔

〔日〕横沟正史 著　王丽丽 译

南海出版公司

新经典文化股份有限公司
www.readinglife.com
出　品

目录

序言

我终于抵达了可以远眺三首塔的黄昏岭。

时间如地名，恰逢傍晚，且阴云密布，隔着狭窄的盆地望见以浅灰色的森林与树丛为背景兀然耸立的三层宝塔时，我感慨万千，如老话所说，只觉如梦如幻。

啊，我们为了抵达这座塔，到底花费了多少天？而且在此期间，又有多少人血流成河？如此想来，我们仿佛是游过了一片血海，千辛万苦才走到了这里。

然而我知道，不，是本能地感觉到，这儿还不是终点站。三首塔不过是一个换乘地，以它的发现为转折点，恐怖的案件大概还会接二连三地持续下去。

许久，我茫然若失，凝视着那座不祥的塔投下的暗影，却又冷不丁地回过神来，转头望向立于一旁的男人。

这个男人似乎害怕被人看见，鸭舌帽压得几乎遮住了眼睛，下巴深深地埋入外套立起的衣领内。然而，从帽檐下方射出的逼人视线却死死地盯着三首塔，仿佛要将其吞掉一般。那样的眼神中潜藏着深邃的执着，绝非我能相提并论。

我浑身不由自主地颤抖起来。

我怕这个男人。他是个恶棍，为满足一己之欲，什么都做得出来。或许，迄今那一条条带血的人命，也全归咎于他一手实施的勾当。

我对这个男人无比恐惧。

说不定我一直被蒙在鼓里。为满足自己的欲望，骗我这样区区一个女人，对他来说绝对易如反掌。实际上，我知道两三个被他欺骗、玩弄于股掌之间，而后又如草芥般被丢弃的女人。

对这个男人而言，他需要我的时候，也许只限于那笔庞大的飞来横财进入我的口袋之前。一旦那笔财产顺顺利利地为我所有，他大概会巧妙地将其夺走，舍我而去。

不，舍我而去倒也罢了，恐怕他还想将我从这个世界上抹杀。

啊，太恐怖了！我怕，怕这个男人……

然而，即便如此，我的身体却无法从他身边离开。我的身体、我肌肤的触感，无法忘却他强壮的臂膀传出的力量、拥抱，以及紧咬不放的粗暴的吻。他把我变成了那样的女人。

"亲爱的……"男人依旧眼睛一眨不眨地凝视着三首塔。

我把手轻轻放到他的手臂上。"我们终于到了，对吧？"

"嗯，真是好不容易才到这三首塔啊。"男人向我转过头，眼里闪烁着近乎凶横残暴的欲望与执着。我禁不住瑟瑟发抖。"怎么了，音祢？你怎么抖得这么厉害，觉得冷吗？"

"亲爱的。"

"嗯？"

“尽管我们找到了三首塔，但事情并不会就此画上句号吧？会不会还有可怕的事接踵而至……”

“嗯，在明确定下你是那笔庞大遗产的继承人之前，非常有可能。”

遗产什么的无所谓，我更希望从这起恐怖事件的旋涡之中脱身。但是，全身而退也就意味着离开这个男人。他之所以紧抓着我不松手，不过是因为我的背后悬着那笔庞大财产的幻影。

我自幼便被人称作美人胚子，长大后更是被赞为绝世美人。然而，我了解这个男人，不论多么花容月貌，假如我一文不名，他绝对不会多看我一眼。

啊，为了不让这个男人离开，我必须游过这片无边的血海。

忽然，一阵强烈的激情风暴在我体内摇撼。我不顾一切地紧紧抓住这个魁梧男人胸口的衣衫，发疯似的对他倾诉道：“亲爱的，亲爱的，不要抛弃我！从今往后无论发生什么，都不要抛弃我啊！要死一起死，下地狱也好，上天堂也罢，我们都要在一起！别忘记我们曾经的誓言。与其被你抛弃，我宁愿死在你手中！”

“我不会抛弃你，不会抛弃你的。在定下你是遗产继承人之前，我绝对不会抛弃你。”

在定下我是遗产继承人之前？我心头再度掠过一片恐惧不安的阴影。但我没有时间沉溺于这样的感情。男人突然用力抱住我，一把扯掉我脸上那副掩人耳目的太阳镜，扯咬般激烈吮吸我的嘴唇。

就这样，我又一次在这个男人强壮结实的臂弯里，全身麻痹般陷入片刻的陶醉境界。

无论是正被警察通缉这让人不安的现实，还是可能埋伏于三首塔的无数未知的恐怖，通通被抛在了脑后……

第一章　伤心回忆

伤心回忆

事情到底为什么会发展到这种地步呢？

昭和[①]三十年，也就是去年的春天，不谙世事的我刚从大学毕业，恭谨有礼地在家帮忙料理家事，可以说是个一心一意勤恳进行“新娘修行”的平凡女孩，做梦也没想到自己会与一个男人在警察的眼皮底下东躲西藏，展开一段惊险刺激的逃亡之旅……

面对这短短三个月以来天翻地覆的骤变，我禁不住茫然地重新审视自我。

究竟为什么会沦落到这步田地……我尝试着回想事情的来龙去脉。细说起来，得追溯到很久以前。

一切的一切，全部始于庆祝伯父六十大寿那晚发生的事。

---

①日本裕仁天皇在位期间使用的年号，时间为 1926 年到 1989 年。

这位伯父叫上杉诚也，是某私立大学文学院的院长、专门研究英国文学的学者。尽管我从小一直喊他伯父，其实他与我并没有血缘关系，而是已经去世的母亲的姐夫。

我母亲兄弟姐妹三个。最大的和子嫁给了上杉伯父。在伯父的介绍下，老二节子又嫁给了他的朋友、研究日本文学的学者宫本省三，生下了我。宫本音祢是我的本名。

在我十三岁的时候，母亲猝然离世，因为肺炎日益加重，却正值战时，没能妥善救治。之后过了不到半年，父亲也撒手人寰。这显然是因为他思念母亲过度，整日长嗟短叹才弄垮了身体。父亲就是那样深爱着母亲。

转眼之间，我便接连失去了双亲。由于没有其他兄弟姐妹，我顿时变成了无依无靠的孤儿。

上杉伯父深感同情，收留了我。当时和子姨妈也健在。两人没有孩子，多次考虑认我为养女。他们视我为己出，百般疼爱，我在他们的精心呵护下长大成人。假如姨妈还活着，去年我大学毕业时，应该就作为伯父的养女迁入他家的户籍中了。

但在这成为现实之前，姨妈因乳腺癌在前年去世了。而去年我又始料未及地遭遇了一场重大变故……自那至今，我便一直在鲜血淋漓的恐怖地狱里彷徨。

此事稍后再说，先让我来介绍一下与这个故事关系密切的两个人物。

前面也提到过，我母亲兄弟姐妹三个。年纪最小的是个男孩，叫佐竹建彦。在这个故事拉开帷幕的去年，他四十五岁。对我来说，他的身份是舅舅。

他毕业于某私立大学的经济学院，后供职于某贸易公司，头脑聪明，精明强干，前途可谓一片光明。但战时，独身的他被征召入伍。大概由于吃了很长时间苦头，昭和二十四年复员归来后，他变得与以前判若两人。

其中一个原因，或许是他复员后发现从前工作的贸易公司倒闭，工作没有了着落。更重要的，是他与战友合作，开始热衷于做黑市中间商，深陷其中无法自拔。经手的东西都是吗啡、走私手表之类，无不是铤而走险的买卖。如此一来，他人变了，眼神也变了。

“摇身一变”这个词，用来形容现在的建彦舅舅再合适不过了。

舅舅被征召入伍的时候，我不是十岁就是十一岁，父母也都健在。那时除了父母，这个世界上我最喜欢的就是舅舅了。舅舅在学生时代是赛艇运动员，身强体壮，性格也豁达豪爽，经常“音祢”“音祢”地喊我的名字，十分疼爱我。

每当看到舅舅变得那样冷漠，我就不由得憎恨战争。和子姨妈生前也对舅舅非常头疼，而且觉得在伯父面前颜面尽失。尽管是亲姐弟，舅舅偶尔来访，姨妈也强忍着内心的挣扎不给他好脸色看。

但要是为这点儿事就退缩，那可不是建彦舅舅了。

只要手头一紧，舅舅就会满不在乎地来缠着伯父要钱，并且满嘴都是不着边际的大话。听说他其实也挺能赚钱，但正所谓“不义之财攒不下”，他一有钱就勾搭些不三不四的女人，还去赌博，出手阔绰得很，总是这样挥霍一空。

然而，即便在姨妈病得很严重的时候，伯父似乎也没对这个不正经的舅舅表现出厌恶。

“不，他很快就会清醒过来。本来头脑就聪明，不会像你说的那样一味堕落下去。”

伯父总是这样安慰姨妈。建彦舅舅来了，伯父也绝对不会让他吃闭门羹，而是愉快地请他进门，微笑着听他漫无边际地乱吹牛皮。到最后，舅舅觍着脸开口要钱，伯父也丝毫没有不快之色，立即准备钱给他。“心胸真是宽广啊。”目睹这一幕幕，我由衷地感谢他。

与故事关系比较密切的另外一个人物，是上杉伯父的姐姐。

这位阿姨名叫品子。这话不能声张，据说品子阿姨从前在新桥做过艺伎。简而言之，上杉家没落后，她主动卖身做了艺伎，悉心培养唯一的弟弟。上杉伯父能有今天，全是她的功劳。所以对于伯父来说，她既是姐姐，也如父如母，恩重如山。因此，伯父非常重视她，她也一口一个“诚也”地唤着弟弟，对弟弟百般关心，旁人看了都羡慕不已。

品子阿姨原来在涩谷那边有一所房子，教人茶道和插花，加上伯父寄去的生活费，本可安度晚年。但由于去年和子姨妈病故，为了照顾伯父，品子阿姨便把涩谷的房子转手，搬进了位于麻布的上杉家。

不愧曾是新桥的名伎，品子阿姨不仅容貌出众，作为女人该具备的修养也十分出色。她比上杉伯父大六岁，今年按虚岁算六十八，但非常健康。头发倒是全白了，剪成了齐肩发，平时常穿带点儿茶色的和式披风，更衬出她的姣好身形，显得优雅脱俗，温柔娴淑。

我从小备受他们呵护，如今却与一个男人躲避着警察的视线亡命天涯。他们要是知道这一切，不知会多么悲伤。一想及此，我心里便感到刀剜似的阵阵剧痛。

那么，我是如何落到这步田地的呢？接下来，就让我说一说事情的经过吧。

百亿元使者

去年的十月三日是上杉伯父的六十寿诞。

诸位朋友、知己、学生达成一致意见，从去年春天便开始多次商议办个隆重的生日会，庆祝他步入花甲之年。

上杉伯父作为学者声名远播，创作了许多有关他的专业英国文学的珍贵著作，但他绝对不是个老窝在书房的人，交际相当广泛。尤其是他从年轻的时候就喜欢戏剧，还亲自撰写历史剧及舞剧剧本，甚至几度公开上演，因此在歌舞伎演员和教授日本舞的师傅中间也有不少相识。除此以外，他还颇具政治手腕，在提携晚辈与门人上也不遗余力。因此，他交际的范围涉及各种各样不同的圈子。

众人打心底想好好庆祝上杉伯父的花甲大寿，自夏末便有条不紊地开始了准备工作。到底会是个多么盛大的生日会呢？每个人都期待着这一天的到来。然而，就在离十月三日还有半个月左右的时候，忽然发生了一件万万想不到的关乎我命运的大事件。

我永远都忘不了，那是去年的九月十七日。我上完钢琴课回到家，只见大门前停着一辆高级轿车。伯父交友甚广，所以这种事情没什么大惊小怪的。我也没在意是哪位客人，径自从便门进了屋。一进去，女佣阿茂立即迎了上来。“您回来了，小姐。”

“我回来了。阿茂，有什么事吗？”

“嗯。老爷吩咐过，您回来就请您去会客室。”

“哎呀，是吗……但不是来客人了吗？”

“嗯。听说那位客人有事找您。”

“什么人？”

“好像是位律师，名片上写的是丸之内的一家律师事务所。”

律师？我不由自主地瞪大了眼睛。律师找我到底会有什么事呢？

“他长什么样？年纪大吗？”

“嗯……大概比老爷稍微年轻点儿吧。”

“哦，是吗。”

我正要迈步，阿茂在身后补充道：“对了，池袋的老爷也在。”

池袋的老爷指的是建彦舅舅。他以位于池袋的那套相当高级的公寓为据点，过着放荡的生活。

“呀，是舅舅带那位律师来的喽？”

“不，不是的。池袋的老爷来的时候，那位律师已经来了。所以是老爷先见了律师，过了一会儿，才叫了老夫人和池袋的老爷来的。就是那时候，老爷交代如果您回来，就赶紧让您过去。”

我忽然想起一件事，不禁感到心跳加速，脸也红了。不会是来提亲的吧？“哦，这样啊。那我马上去。”说完我立即回到自己的房间，稍微整理了一下装束，不至于让客人觉得失礼，然后敲响了会客室的门。

“谁啊？是音祢吗？”询问的是上杉伯父。

“嗯，我回来了。不好意思，现在才回……”

“音祢呀，别道歉了，快进来。”

这声音来自被称作老夫人的品子阿姨，但不知为何听上去有些发颤。我感到胸口扑通扑通直跳，正要转动把手，建彦舅舅帮忙从里面打开了门。“音祢，到这儿来。那位先生专程为你送来一个非常了不得的通知呢。你可别吓昏了哟，啊哈哈。”

不知为何，舅舅的口吻像是带着挖苦的意味。我惊讶地看向他，只见他俯视我的眼神里迸发出一股激烈的感情，但转瞬间便消失了。

我正扭扭捏捏手足无措，上杉伯父从对面递来了救命稻草。“音祢，来这边。”

我趁机从建彦舅舅旁边溜过，走向伯父。在此期间，圆桌对面那位五十岁左右的男士一直站在那里，目不转睛地注视着我的脸。他穿条纹裤子与黑色驼丝锦上衣，款式简单，却也属于礼服式样。

“这就是刚才跟您说的佐竹善吉的外曾孙女宫本音祢。音祢，这位是在丸之内拥有一家律师事务所的黑川律师，今天特意为了你的事情而来。”

“哦。”我不知该如何打招呼，只是默不作声地低着头。

“真是位不错的小姐。好了，请坐下来吧。我也不客气了。”

“嗯。”

等黑川律师落座，我也在伯父身旁坐了下来。品子阿姨从对面投来安慰般的眼神。在这莫名紧张的氛围中，我身体僵硬。

“黑川律师，是您先说呢，还是我先说？”

“呃，麻烦您先说下大致的情况吧……”

“好，那么就我先说。音祢。”

伯父的声音似乎也有点儿沙哑。

“你听说过佐竹善吉——也就是你的外曾祖父吗？”

“嗯，不过只听过名字……”尽管这样回答，我依然摸不着头脑。

刚才伯父介绍我的时候，就把外曾祖父的名字搬了出来。为什么这会儿需要提起早就不在人世的外曾祖父呢?

“那么，你有没有听说过他有个叫玄藏的弟弟？”

我大吃一惊，不由得抬头望向伯父的脸。

玄藏是我母亲的叔公。姨妈与母亲好像一直很忌讳提到他的名字，平常谈起他的事情时，总是刻意压低声音，窃窃私语。

“呃，你听过吧？”

“嗯，听过两三次……但不知道是怎样的人。当然，他应该很早以前就去世了。”

“不，听说他现在还活着，接近百岁高龄了。而且他在美国发展得很成功，是个不得了的大富翁。他说想把财产留给你。”

“换算过来的话，差不多一百亿哦。啊哈哈。”建彦舅舅伸着腿靠坐在长沙发上，使劲儿摇晃着近来愈发肥圆的肚子大笑道。

他们在说什么，有好一会儿我完全没明白过来。

千古奇闻

“哎呀，小姐大吃一惊也在所难免，但这绝对不是信口胡说。因为美国那边一家值得信赖的律师事务所联系过我们，而且他们决定近期派人过来。”

后来我才得知，黑川律师事务所专门和外国的律师交涉，处理专利等方面的事务，是一家非常高级的律师事务所。

尽管还没弄清状况，我却感觉一阵莫名的恐惧骤然逼近。

百亿元遗产的继承人？是我吗？如今我才终于明白了建彦舅舅那充满恶意的笑声意味着什么。

“消息来得太突然，我一时没太明白是怎么回事……那个叫玄藏的人如果还健在，为什么此前都没有写封信来呢？”

“呃，具体缘由我们也不清楚。那位大概有迫不得已的苦衷，才刻意隐瞒自己尚存人世的事实吧。因为听说直到最近，他还自称陈和敬，坚称自己是中国人。”

“是不是背地里做了什么见不得人的事，才逃离日本的呢？音祢，你听说过这方面的情况吗？”

啊，应该是指那件事。尽管不确定说的到底是不是玄藏，佐竹家族里的确有个身负杀人嫌疑、至今下落不明的亲属，姨妈与母亲因此还吃了不少苦头。建彦舅舅应该也知道内情，可是……

“那个人怎么会说想把财产留给我呢？从亲缘关系来看，坐在这里的佐竹舅舅不是比我跟他更近些吗？”

“嗯，是的，小姐，所以才有个条件。”黑川律师眼角堆起皱纹，笑眯眯地说，“小姐，莫非您没听过高头俊作这个名字？”

“没有。他是什么人？”

“这个嘛……我不是很清楚，但听说他出生于昭和二年，活着的话今年应该二十九岁，当然是按虚岁算了。他跟小姐差五岁，而条件就是希望您跟他成亲。”

我陡然生出一种厌恶感。我也是人，并非没有贪念。但这也要看是什么金额，掏出一百亿这种天文数字的巨款，还附加那种苛刻条件，我简直感觉自己的人格被完全无视，心里自然不舒服。

“刚才您说那位在世的话，意思是……”

“是这样的，小姐。高头俊作人在何处现在还不清楚。所以，我会想尽一切办法抓紧时间调查，这位先生刚才也表示打算雇私家侦探等一同寻找。”

“音祢，我相信掘地三尺总能找到，只要充分利用报纸和收音机。”

“但是伯父，即便那个人活着，二十九岁的话说不定已经结婚了呢。”

“不，关于这一点，委托人——也就是玄藏先生好像有十足的把握。我之所以这么说……”

律师从一个大大的牛皮纸信封里拿出一张照片，推到我这边。

“听说这是高头俊作十一岁时的照片。至于是玄藏先生回国亲自给他拍的，还是请人拍的，我没了解得那么详细。但是，不管怎么说，这能看出玄藏先生对俊作和您自始至终都非常关心。我猜他可能对俊作暗示过结婚和遗产的事了。瞧，这儿还有您的照片呢。”

最先给我们看的照片上是一个身穿黑色棉织布立领西服的光头少年，看上去聪明伶俐。老实说，看到这张照片的刹那，我的心不知为何一阵急跳，血也难以控制地涌上脸颊。

然而，当看到第二张我自己的照片时，我不由自主地瞪大了眼睛。上面显然是上幼儿园时的我，但迄今为止我从来没有见过这样的照片。这明显是偷拍的。

“如此看来，玄藏先生从你们俩年纪还小的时候便决定将你们撮合为夫妇，把财产给你们。”

“那么，如果我拒绝和这个人结婚呢？”

“那时候，”黑川律师说出的一字一句铿锵有力，“百亿元的财产就会和您擦肩而过，去往别人的口袋了。不过，详细解决办法我还没有接到通知。即便如此，我今天还是登门拜访，主要是考虑到小姐您也到了谈婚论嫁的年龄，而且已从学校毕业，要是定了其他亲事，恐怕日后会追悔莫及，所以事先来提醒一下。在这里我也要拜托诸位，目前这件事一定不要泄露给其他人。”

“啊哈哈，千古奇闻说的应该就是这种事吧。”

建彦舅舅再次刺耳地笑道。

花甲大寿之夜

黑川律师突然之间带来的这个通知如何扰乱了我内心的平静，无须重新提及。

此前我一直期待自己能像母亲那样，步入平静的生活——在伯父和品子阿姨的安排下，选个好男人平平凡凡地结婚，做个端庄有礼的妻子。

然而……然而……这个玄藏的决定，却在平地上掀起一阵波澜。当然，我并非不感谢他的好意，也不是说对那上百亿元的财产不动心，只是心中的极度不甘让我烦乱不已。如果决定把财产给我，何必加上那么苛刻的条件……这种想法非常自私，但我还是时不时这样想。

但是，时间丝毫不受我不安心情的影响，依旧一天天过去，上杉伯父的花甲大寿不久便来临了。

时至今日，我仍然无法忘记那天晚上发生的一切。无论对伯父还是对我来说，那一晚都会终生难忘。对伯父而言，那是他这辈子最感荣耀的日子。对我而言，却是憎恨至极的噩梦的开始。自此，围绕那笔庞大的遗产，流血事件不断发生，我也被迫踏入血海。

那场花甲大寿庆祝会的豪华程度此处不再赘述。

当天到场的客人有千余位，将位于日比谷的国际饭店宽敞的大厅挤得水泄不通，而且他们的职业种类之多、研究范围之广也成为一时的社会话题。宴会下午四点钟开始，首先是学校向伯父赠送红色头巾和红色棉坎肩……我刚想说这些配西服很奇怪，紧接着又有人献上了红色贝雷帽与红色夹克。舞台上，一位漂亮的女演员帮伯父穿戴好，伯父满脸洋溢着幸福。

接下来是献上各种各样的花环和伯父致辞，然后是推选出来的名人们即席演讲。由于各桌已经随意喝了起来，大厅里的酒气越来越浓，难得的即席演讲大部分都没能听清。

伯父那一桌除了伯父、品子阿姨、建彦舅舅和我，还坐着伯父所在大学的代理校长。接受着大家的祝福，品子阿姨不由得频频用手帕按压眼角。

终于，即席演讲大致告一段落，大家开始到台上表演各种各样祝寿的余兴节目。就在这时，黑川律师走了进来，让我略微吃了一惊。

不过，黑川律师此来并非为了上次的事，而是对新近熟识的伯父表示敬意。律师在伯父的桌旁待了三十分钟左右就离开了。在那期间，我第一次听说了那座不祥宝塔的名字。

“对了，小姐，您听说过三首塔这个名字吗？”

“三首塔？哪几个字？”

“就是三个首级的塔。”

“啊！”

听到这个名字的瞬间，我只感觉一种无法形容的异样恐惧蹿过体内，不觉打了个寒战。

“没有，那个……我是第一次听说……”

“黑川律师，那座塔难道跟上次的事有什么关系？”

开口询问的是建彦舅舅。他原本一直在各个桌子间转来转去，很少待在我们身边，看到黑川律师的身影后，却立刻回了自己的座位。

“嗯，是的，好像还有很重要的关系。但它到底在哪儿，又跟此次的事有怎样的关联，目前还不清楚。哎呀，反正就一点，如果不尽早找到那个叫高头俊作的人，让小姐同意和他结婚，情况似乎会变得相当复杂离奇。”

说到这里，律师可能注意到了我的脸色，话锋一转：“呀，失礼了。这话不该在这种场合谈。先生，那我先告辞了……”

黑川律师与伯父握手后离开，侍应生刚好与他一进一出，送来一张名片。

“这位先生想见您，正在那边等候……”

名片刚好放在了我面前，所以我也得知了来者是谁。岩下三五郎——这人是受伯父所托寻找高头俊作的私家侦探，曾来过两三次家里。

“哦，是吗。”

伯父把名片收好，慢慢地站起来，跟着侍应生出了大厅。建彦舅舅继续到各桌之间周旋。

那个可怕的惊险杂技节目上演，是在过了大约三十分钟之后。

两个女人几近全裸的肉体覆满了闪闪发光的金属制品和布，有如软体动物般纠缠舞动。我越看越觉得恶心，她们让我联想到了两条蛇绳子似的缠绕在一起的情景。

于是我跟阿姨打了声招呼，离席出了大厅。幸好座位早已混乱，哪张桌都正谈得起劲儿，老老实实欣赏台上表演的人更是少之又少，根本没有人会注意我的一举一动。大厅外也有很多客人，他们或是站着聊天，或是在做回家的准备。

我想找个没人的地方，便漫无目的地从一条走廊走向另一条走廊。大概随意走了五分钟，我来到一条灯光有些莫名昏暗的走廊。突然间，右手边的门开了，一个男人冲了出来。这始料未及的情况令我大吃一惊，呆立在原地。对方好像也吓了一跳，停住脚步，身后的门咔嚓一声关上了。

眼前的这个人看上去三十岁上下，个头很高，体格健壮，五官轮廓分明。一言以蔽之，是个非常具有男子汉气概的青年。不过，我总觉得他与建彦舅舅有某种共通之处。换句话说，就是给人放荡不羁的印象。

啊，没有什么比人的第一印象更深刻的了。这就是我与那个令我痛恨万分又眷恋不已的男人的初次碰面。

男人用可谓赤裸裸的眼神肆无忌惮地打量着身穿会客用和服的我。随即，他脸上浮现出一抹大胆的微笑，向我轻轻点头致意后，逃也似的沿昏暗的走廊跑开了。

说不清什么缘故，那时的我竟茫然若失地目送着男人的背影。他跑到走廊拐弯处时，回过头来挥了挥手，我心底忽然涌上一股怒火。并非为男人的无礼生气，而是讨厌自己丢人的反应。

我决定按原路返回。刚走到大厅入口处，只听里面忽然涌起一阵喧哗声。

出什么事了？我赶紧探头往里张望，就在那个瞬间，我看到了那一幕。

一名杂技演员站在舞台中央。另一名演员像十字架似的水平环绕她的腹部，脸面向宾客，身体缠住站着的女演员后背，双腿架在自己的脖子上。光这姿态已经令人毛骨悚然，竟然还有血从嘴唇一滴一滴地落下来。

啊，这就是那天晚上发生在国际饭店的三起杀人案的开端，也是我迈入的血河中最初的深渊。

笠原姐妹

那时候感受到的恐怖至极的印象，恐怕我这辈子都不会忘记。

两名演员像两条白蛇一样纠缠在一起，鲜血从其中一人口中一滴滴落下。血滑过她的脸颊，从夹着头部的脚踝流向抹得如象牙般雪白的小腿肚，又分散成几条细细的血流继续向前，然后吧嗒吧嗒地滴在舞台上。而且她的全身一阵阵痉挛，就像蛇在蜿蜒前行。

目睹了这一幕，我还以为属于表演范围，觉得可能是为了给这段怪诞的舞蹈进一步增添诡异氛围而特意准备的技巧。

不，不止我，当晚大部分的客人肯定也都这么想。证据就是场内瞬间鸦雀无声，众人目不转睛地注视着异样的表演。

来宾们一个个如同被念了咒语，呆若木鸡。但不久，这份静默轰然爆裂的时刻便到来了。最后的痉挛闪电般蹿过那名水平环绕在搭档腰部表演特技的演员的身体。下一刻，仿佛终于耗尽了最后一丝力气，她像毛毛虫似的啪嗒掉到舞台上，还微微蠕动着。

站在舞台中央、一直注视观众的演员此前似乎根本不知道搭档的苦楚，此时吓了一跳，跪下来抱起搭档，立刻发出“啊”的一声悲鸣，紧接着喊道：“快来人！叫医生……叫医生……”

这尖叫声顿时将本来喜庆的花甲庆祝宴会卷入喧闹与混乱的旋涡。话音未落，只见十几个人从大厅乱哄哄地冲向舞台，跑在最前面的是建彦舅舅。他跳上舞台，立即抱起躺在地上的演员。由于其他人将他们团团围住，那名可怜演员的身影从我的视野中消失了。

比我先一步返回的上杉伯父也从座位上站了起来，一脸莫名其妙地走向舞台。我跑到他身边。“伯父。”

“啊，音祢，你去哪儿了？”

“感觉有些不舒服，到那边走了走……伯父，那位演员怎么了？”

“我也不清楚……建彦，建彦，到底发生什么事了？”

“啊，姐夫。”建彦舅舅从舞台上的人墙里探出头来，两眼射出刺眼的凶光，“姐夫，就像你看到的，这姑娘吐血死了。”

“吐血死了？”上杉伯父似乎打了个趔趄，瞪着眼睛问，“已经断气了吗？”

“是的，上杉先生，似乎没希望了。”

从舞台上朝这边转过头来的，是我也非常熟悉的井上博士，一位很有名的内科医生。

“那姑娘是什么病发作了吗？心脏病之类……”

“不是因为发病，才不是因为发病！阿操不过有肺炎……明明刚才还那么精神……阿操，振作点儿！阿操，你振作起来啊……”

幸存的演员悲痛的哭喊声从人墙后传来，如决堤洪水倾泻而下。

舞台两侧的告示板上写着“惊险杂技表演：南希笠原、卡罗琳笠原”，那恐怕是艺名，刚才死掉的演员真名好像叫阿操。

“医生，我怀疑是毒杀。不，肯定是毒杀。”

建彦舅舅咬牙切齿地说。

“这个……在看到解剖结果之前，我不能妄下结论……你觉得这孩子有什么自杀的动机吗？”

“阿操自杀？不可能，绝不可能……她一定是被人害死的，被人下了毒。”

“嗯，那么我们先排除自杀的可能。假如她是遭人毒杀，你有没有想到什么线索？”

“啊！”刚才还抽抽搭搭哭着的演员忽然叫出声来，“对了，是那个家伙，是那个家伙。准是他毒死了阿操！”

“阿薰，阿薰，你知道？你知道是哪个家伙毒死阿操的？”

说话的人是建彦舅舅。听上去他好像跟这两个演员很熟。伯父与我不由自主地对视了一眼。

“不，佐竹先生，我并不知道他的身份。只是刚才登台前，我见阿操嘴里嚼着东西，就问她在吃什么，她说刚刚那边有位客人给了块巧克力。所以我想一定是巧克力里面加了毒。”

“阿薰，你要振作。你妹妹被杀了，现在不是哭的时候。那么给阿操巧克力的男人……不，还不能断定是男是女，她有没有说那是个什么样的人？”

“没有，阿操没说，只说是一位客人给她的……我觉得不过是块巧克力，也就没仔细问。佐竹先生，这都是你的责任！要不是你叫我们来，也不会发生这样的事！”

啊，原来如此。杂技节目是建彦舅舅送给伯父的贺礼。真符合舅舅这段时间的口味——当时我不经意地这样想。现在回想起来，舅舅那晚叫南希笠原和卡罗琳笠原参加宴会，其实还有更重大的意义。

“我知道，我知道。阿薰，我一定会替你妹妹报仇！”

听到舅舅这句话，不知为什么，一阵不寒而栗的感觉霎时蹿过我的背脊。然而那时候的我，做梦都没想到这与我关系密切……

栀子花发饰

如此一来，隆重的花甲大寿庆祝会会场转眼之间便成了阴森凄惨的杀人现场。客人们三三两两地回到各自的桌子，叽叽喳喳地交头接耳，但没人再将手伸向酒杯，醉酒的人也一副彻底清醒过来的模样，不安的气氛充斥着整个会场。

伯父与我一回到座位，品子阿姨便担心地皱起眉头，询问详情。伯父简短地叙述了一下原委，品子阿姨的眉头皱得更厉害了。

“哎呀，这么说今天晚上的客人都要逐一接受警察的讯问了？”

品子阿姨担心那样会太失礼。

“接下来会怎样我也不清楚。但好像有一部分客人已经回去了。”

“嗯，是啊。那个，诚也，你去拜托警察别限制女宾的自由，让她们回去，怎么样？不然太失礼了。”

“姐姐，给那个演员巧克力的是男是女还不清楚呢。根据被害人的姐姐所言，被害人只说巧克力是客人给的，并没说对方是男是女。所以如果请求先让女宾们回去，也得还男宾们自由才说得过去。”

“唉……不管怎么说，真没料到会在大家煞费苦心准备的生日宴遇上飞来横祸呀。”品子阿姨说着，脸上露出遗憾至极的表情。

伯父没做任何回答，但料想他心里自然是同样的感受。我也觉得非常可惜。等回过神来，我才发现伯父不知何时已经摘掉红色贝雷帽，脱掉红色夹克，恢复了礼服的打扮。

不久，附近丸之内警局与警视厅的大量工作人员匆忙赶到现场。

因为笠原操的尸体依然横躺在舞台上，从我的位置可以一清二楚地看到法医进行尸检。法医的判断似乎与井上博士的观点完全一致。警察咔嚓咔嚓地拍了些照片，然后抬来了担架，把尸体搬到后台。大概要进行解剖。

在此期间，一直是建彦舅舅在安慰大哭大叫的笠原薰。看着这情景，不知为何，我厌恶得不得了。将笠原姐妹邀来参加今晚宴会的责任在于舅舅，由他来安慰被害人的姐姐或许理所当然，但我感觉两人的亲近程度已经超出了合适的范围。

看到舅舅在几百双眼睛的注视下与那个诡异的杂技演员拥抱在一起，我不禁羞愧得全身着了火般发烫，恨不得找个洞钻进去。因此，看到薰跟随担架进了后台，舅舅也紧追上去，我终于如释重负。

尸体被搬走后不一会儿，一个身穿警部制服的人便率领两名便衣警察来到了我们的座席。

“您是上杉先生吧？这是我的名片。这么可喜可贺的宴会上竟发生这种不幸，实在遗憾。”

我扫了一眼他递出的名片，是警视厅搜查一科的警部，姓等等力。

“呀，辛苦你们了。发生这种意想不到的事，我正不知如何是好呢。”

“那自不必说。先生您没有任何线索吗？”

“当然。因为我根本想不出今晚的宾客当中有哪位跟那名演员接触过。”

“但那位佐竹建彦好像跟被害人的姐姐很亲密……”

“嗯，没错。那个节目是建彦为了祝贺我的生日专门准备的，但他们是什么交情，我就一无所知了……”

“他与先生您是什么关系？”

“他是我已过世的妻子的弟弟，也就是坐在这儿的音祢的舅舅。”

等等力警部瞥了一眼我早就涨红的脸。“他从事什么职业？”

“该怎么说好呢。好像在做代理生意，我不是特别清楚……”

伯父似乎穷于回答。不安忽然向我袭来，胸口一阵躁动。

等等力警部为什么咬着舅舅的事穷究不舍呢？莫非他在怀疑舅舅……考虑至此，到底是骨肉至亲，我不禁惴惴不安起来。

“对了，警部，死因果真是毒杀吗？”

“这个嘛，没有看到解剖的结果，我无法明确回答。但目前来看大致可以这么认为。”

等等力警部说话的时候，大厅外又开始骚动。一名刑警冲进来匆匆跑到警察们中间。看他的脸色，应该是发现了什么不易解决的问题。场内顿时陷入紧张状态。

刑警将拿在手里的白色东西挨个儿给坐在附近的女宾们看。没多久，他们的视线便一齐向我投来，把我吓了一大跳。刑警向女宾们低头致意，随后穿过桌子向我靠近，他手里的东西也越来越清晰。看清楚的瞬间，我下意识地伸手摸了摸头发。

刑警手中的白色东西……竟然是我的发饰——一朵人造栀子花。

爱情伞

“怎么了，发现什么了吗？”

“是，警部，借一步说话……”

刑警表情僵硬，在警部的耳边低语了几句。

“你、你、你说什么？那、那另外……”

刚说了两句，警部忽然察觉什么似的闭了口，朝四周扫视了一圈。那个时候呈现在警部脸上的震惊表情，我至今也无法忘记。刑警继续在警部耳边窃窃私语，倾听的警部不知何时将视线定到了我的身上，并且一动不动。

究竟发生了什么事？难道我那枚栀子花发饰跟这次的案件有什么关系？可我什么都不知道啊……

刑警的耳语结束，警部拿着那朵栀子花不慌不忙地朝我走来。

“打扰了，小姐。听说这枚发饰是你的？”

“对，没错。”感觉到整个会场的视线全部集中到了我身上，我的脸立时变得滚烫。

“小姐，这个丢在了什么地方，你还记得吗？”

“不记得了，此前我完全没发现它丢了。”

“你从大厅出去过吗？”

“嗯。刚才杂技节目开始不久，我觉得有些不舒服，就到外面的走廊里随便走了走……”

“小姐，很不好意思，能麻烦你带我们去你走过的地方吗？”

“警部，怎么回事？音祢和案件有什么关系吗？”上杉伯父一脸不解，而且略带怒色，替我解围。

“没有，这个待会儿再告诉您。小姐，请吧。”

受到催促，我无可奈何地从椅子上站起来。

“诚也，你陪她去吧。虽然不知道出了什么事，音祢一个人也太可怜了。”

“好的，我知道了。警部，我也一起去可以吗？”

警部稍微犹豫了一下，说：“好，那请……小姐，我们走吧。”

众目睽睽之下，我穿过桌子之间，感觉仿佛走在云端。正要走出大厅，迎面撞见了从外面回来的建彦舅舅。

“哎呀，音祢，怎么了？”

“没什么，舅舅。”

“姐夫，音祢她怎么了？”

“这个，我也完全没有头绪……”

“佐竹先生，请您也一起过来。”警部的口气听上去像在命令。

不久，我带着一行人到了先前那个粗野的男人冲出来的房间门前。

“我来到这儿，就往回走了。”

刚才那名刑警朝着门抬了抬下巴，对警部低语了几句。警部用怀疑的眼神盯着我的脸，说：“你为什么走到这儿就回去了呢？难道这儿发生了什么事？”

“没有，没发生什么……因为这条走廊很暗，加上我担心如果走得太远，不知道怎么回去就麻烦了……”

啊，我干吗要在这里说谎呢？为什么没勇气老老实实地把那个粗野的男人从这个房间冲出来的事说出来？大概是我对自己目送那个素不相识的男人离去的羞耻举动感到愤怒，才不愿意提到他。然而万万没想到，正因如此，我将遭到无可挽回的怀疑！

等等力警部一脸狐疑地凝视着我。“小姐，莫非你进过这个房间？”

“没有，我怎么可能进去。”

“但这枚发饰就掉在这个房间里。”

“啊！”

我不禁瞠目结舌，无言以对。

“警部，难道说这个房间里出了什么事？”上杉伯父勃然变色。

“我们进去看看吧。”

便衣刑警打开了门。狭窄的房间里，几名男子正在忙碌，其中竟有井上博士和那位法医。见此景象，我不禁倒吸了一口凉气。

难道这里也发生了命案？

这个房间看上去应该是用人的值宿室，六叠[①]大小，里头放着一个两层的架子，上面堆满了行李和皮箱之类，从天花板上垂下来一个光秃秃的电灯泡。我忍不住想，这么豪华的饭店里面竟然也有如此煞风景的房间。

“医生，请问死因是……”此前拿着栀子花发饰来找我的刑警问道。

“和刚才的情况完全一样。死者右手手指上沾有巧克力碎屑。”

---

①日本计量房屋面积的单位，1 叠约为 1.62 平方米。

说着，法医和刑警站了起来。就在那一瞬间，我不禁发出无声的悲鸣，倒退了几步。

榻榻米上躺着一个年纪在三十岁左右、体格健壮的男人，肤色微黑，面部表情相当痛苦。从身上花哨的美式服装来看，不像是从事正经职业的。从他的嘴唇到榻榻米上沾满了星星点点暗红色的污渍。

“小姐，你的发饰就掉在这具尸体旁边。”便衣刑警每一句话都铿锵有力，“你认识这个男人吗？”

我战战兢兢地重新端详了一下男人的脸，却完全没有印象。

“不，不认识。我从没有见过这个人。”

“但这就怪了。小姐，你叫音祢吧？”

“嗯，是的……”

“这个男人左臂上的刺青刻有你的名字呢。你看。”

站在我身后的上杉伯父与建彦舅舅一齐探头看向男人裸露的左臂。刹那间，我们三个人异口同声地发出“啊”的一声惊呼。

那儿竟然刺着这样的刺青：

金田一耕助登场

啊，俊作，俊作……这个男人不就是身在美国的玄藏老先生想让我嫁的高头俊作吗？没错，一定是。将我的名字与他的名字一起写在爱情伞下的刺青就是最好的证明。只有跟他结婚，我才能继承那笔庞大的百亿财产。如果我拒绝……

“百亿元的财产就会和您擦肩而过，去往别人的口袋了。”

黑川律师不是这样说过吗？那么，这个男人身亡的情况又将如何处理呢？恐怕我会被从第一继承人的宝座上赶下来吧。

刚才黑川律师也说了。

“反正就一点，如果不尽早找到那个叫高头俊作的人，让小姐同意和他结婚，情况似乎会变得相当复杂离奇。”

现在已经陷入复杂离奇的状况了。假如刚才杂技演员的不明死亡也和这件事有关联，那就不能认为是情杀了。围绕百亿元的遗产，以鲜血洗刷鲜血的杀人帷幕已经拉开，不是吗？

等等力警部一直在审视我们的脸色。这时他轻轻地咳了一声。“大家似乎认识这个男人啊。他跟你们是什么关系？”

“啊，不是的。”上杉伯父如梦方醒，“我们都没见过他，但说不定他就是我打算今晚在这里见的那个人……”

“先生，您这话是什么意思？能说得再详细一点儿吗？”

上杉伯父恢复了平时的沉着，说：“我委托了一位叫岩下三五郎的私家侦探帮我寻找高头俊作这个人。岩下刚才来找我，说今晚不久会有一个叫高头俊作的人来这里，他到时会帮我介绍。于是我满怀期望地等着……但岩下打算给我介绍的高头俊作到底是不是这个人，我也搞不清楚。不管怎么说，毕竟我一次都没见过对方。”

“要说岩下，我也认识。这么说他就在饭店里？”

“嗯，应该在楼下的大厅里，因为他要看高头俊作来没来。”

接到警部的示意，一名刑警迅速离开。肯定是找岩下侦探去了。

“那么，上杉先生，您是出于什么缘故寻找叫高头俊作的人呢？”

“这个……在这里不方便讲。”

“可是，先生，这是杀人案啊。您若知道什么，希望能毫不隐瞒地和盘托出……”

“但现在这个阶段……”伯父过意不去似的咳嗽了两声。

警部的眼神里写满了难以抑制的愤怒。忽然，他将发泄口对准了我。“小姐，那么让我来问问你吧。你的发饰为什么会掉在尸体旁边？请你解释一下。”

“我……我不知道……我真的没进过这个房间。一定是我把它掉在了房间外的走廊上，什么人捡到后拿了进来……”

警部看上去并不认同这么含糊的解释。他正要用更加严厉的语气质问我，建彦舅舅从旁边插话。“好了好了，警部。即便音祢真的进过这个房间、跟俊作说过话，她也绝对不可能杀死他。因为……”

“因为什么？”

“因为如果那个叫高头俊作的男人死了，音祢就没法继承上百亿的巨额遗产啦。啊哈哈！”

“什、什、什么？上、上百亿的遗产？！”

话题太夸张，以致包括警部在内的所有人都有些不知所措。

“是啊，是啊。在美国的一个亲戚提出，只要站在这里的宫本音祢答应跟至今一次都没见过也没听说过的高头俊作结婚，就可以得到上百亿的财产。所以，除非疯了，否则音祢根本不可能杀死她那位非常、非常重要的百亿夫婿。啊哈哈。”

“先生，这是真的吗？佐竹先生所说……”

“是真的。尽管还不知道详细情况……”

“所以您才寻找高头俊作啊。那他是个怎样的人物呢？”

“这个……我也一无所知。就像刚才建彦说的，此前我们连他的名字都没听过……只见过一张据说是他十一岁时拍的照片……”

“怎么样，和照片还像吗？”

我们再次把视线移向尸体。那张脸已经痛苦得僵硬变形，看不真切。但我们三人一致认为，上面似乎多少还留有照片的影子。

“哎呀，这个问岩下应该更清楚吧。”

警部的话还没说完，外面就响起了敲门声。

“谁？请进。”

话音刚落，门就被推开了，随即探进来一张笑眯眯的脸。来者是位与这家饭店十分不相配的古怪人物——他身穿皱巴巴的哔叽单衣与同样质地的裤裙，外面还罩了件同样皱巴巴的哔叽外褂；头发乱蓬蓬，简直就是个麻雀窝；身材矮小，一脸寒酸相。

但等等力警部的脸上立刻露出了欣喜之色。“啊，金田一先生，你怎么到这儿来了……”

“我来这儿是处理别的事情，因为听说警部您在，就过来了。警部，这案子可真是不得了，三重杀人案啊。”

“什么，三重杀人案？”

“是啊，是啊。请您到后面那个杂物间去看看。那里还有一个男人被掐死了，吐着黑色的舌头。”

“金田一先生，你、你说的是真的？”

“千真万确。”

“那被杀的是……”

“我的同行，岩下三五郎先生。”

仿佛一股电流迅速从我体内蹿过，那种刺激已经超越了我的神经可承受的范围。我只觉周围的一切顿时模糊朦胧，终于当场昏倒。

花凋零

那之后过了多久呢？

忽然清醒过来的我发现自己只穿着和服长衬衣，躺在一间豪华卧室的床上。

根据房间的摆设，我立刻明白了这是饭店的一个房间。拿起放在枕边的手表看了看，八点半，并没有过去多长时间。我大概被诊断为轻度脑贫血，他们将我移到这里，帮忙把紧束的腰带解开了。替还没习惯穿和服的我解开腰带，这当然令人感激，但想到其间自己一无所知，不禁羞愧难当。

我坐了起来，头还是晕晕乎乎，似乎有些眼花。

喉咙火烧火燎般疼痛，我把枕边水瓶里的水倒进杯子，一饮而尽。还从没喝过这么好喝的水呢。终于多少舒服了些，我正想下床，响起了外面的门被打开的声音——有人进了隔壁的房间。警察？伯父？建彦舅舅还是品子阿姨？

“哪位？”

我喊道，却没有回音，接着传来门上锁的声音。我惊讶得屏住呼吸。卧室的门开了，是一张带着冷笑的脸。啊，他不就是刚才从发生杀人案的房间里冲出来的那个男人吗？！

我害怕得心脏几乎要从嗓子眼里跳出来了，将毛毯紧紧抱在胸前。

男人以令人不快的视线盯着我，反手关上门，随即又咔嚓一声上了锁。恐惧的本能让我感觉浑身上下像扎了千万根针般剧痛。

“你是谁……为、为什么要来这里？”

“我来探望你呀，而且想从现在起照顾你。”

说出“照顾”这个词的时候，男人带着热度的瞳孔因为下流的欲望闪烁着光芒。他嘴唇撇向一边，浮出无声的微笑。

“不要！我不要！请出去。否则我要喊人了！”

“这可行不通。无论你叫多大声，外面都听不到。这儿有隔音装置，可不是那种枕边情话都能让人听去的廉价旅馆。哟，这不是双人床嘛。”

男人悠闲地脱掉外套，解开领带，开始脱衬衣。我拼命环顾四周，但男人强壮的身体挡在床与门之间，根本没有办法逃出去。

“救命啊！求求你放过我吧！你到底要把我怎么样？”

“刚才不是说了要好好照顾你嘛。音祢，我已经对你着迷了。一见钟情。音祢，你也爱上我了吧？”

“胡说！你胡说！怎么可能……”

“要不你怎么目送我的背影远去？就是被我弄得神魂颠倒，才连栀子花发饰丢了也没察觉呢。”

“啊，那么是你干的了？把发饰扔到那个房间，企图嫁祸给我。”

“哈哈哈，那种事情无所谓啦。好了，快让我抱抱吧。”

男人脱掉鞋，钻进了被窝。

“啊，救命……饶了我吧……恶棍！坏蛋！卑鄙无耻！”

在这个魁梧男人的凌辱之下，我简直喘不过气来，使出全力拼命挣扎。与其被这种男人玷污，还不如死了的好。我抱着这种信念顽强抵抗。

然而，毕竟男女力气悬殊。接下来的一段时间里，是噩梦的黑暗与乐园的光明交织在一起的复杂而微妙的感受。

男人终于放开我汗涔涔的身体，我当场放声大哭。

“恶棍！恶棍！卑鄙无耻……”

我咬着枕头的一角，一边惋惜自己的花蕾被残忍地摧折，一边在心底不停地咒骂。男人慢条斯理地穿好衣服。

“音祢，你可已经是我的了。你的身体上已经清清楚楚地留下了我这个男人的烙印。不能忘记哦。再见！”

他正要走出去，我抬起噙满泪水的眼睛。

“等一下。”

“有什么事吗？”

“你是什么人？至少得告诉我你的名字吧……”

“名字？名字的话叫什么都行啊。不过，我的真名叫高头五郎。”

我大吃一惊，禁不住瞪大了双眼。

“哈哈，发现了？刚才在值宿室被杀的是我堂兄。但是呢，下次再见面的时候，我或许就用不一样的名字了。那么，晚安。”

这个可怕的浑蛋微微低头，出了房间。我再次在床上失声痛哭。

风暴遗恨

以上杉伯父的花甲寿诞之夜为分水岭，我的人生发生了一百八十度大转弯。

此前的我无比幸福。我年轻、健康，而且人人都赞我容貌美丽——尽管这样自夸不合适。没有父母虽然孤单，但上杉伯父与品子阿姨对我百般疼爱，弥补了这一缺憾。

成长至今，我一直与“不正当”“邪恶”“伤风败俗”这样的字眼无缘。“心地纯洁、遵纪守法、品德高尚”是母校的校训，我也一直被按这样的要求培养教育。到目前为止，我没有任何真正意义上的秘密。那一夜却成了转折点，让我拥有了令人痛恨至极的秘密。

男人用有如春夜狂风般的暴力，可谓残忍地夺走了我的贞洁。然而回想起来，那时候我真的拼尽全力抵抗到最后了吗？没有，没有，我向那个魁梧强壮的男人屈服了，不知不觉中还配合着那个谋逆之徒实施他的阴谋，让自己沉浸在淫荡的鱼水之欢中。

啊，我真恨不得立即咬舌自尽。

这段令人痛恨的经历，不管对于我的肉体还是精神，都造成了太过沉重的打击。那之后的三天里，我一直高烧不退，卧床昏睡。而且连发着烧做的梦里，都在回放那一夜的种种可怕经历。弯弯曲曲扭在一起的两条白蛇……从白蛇唇间滴落的血滴……爱情伞下的宫本音祢和高头俊作……还有最后逼至眼前的男人的嘴唇……

“恶棍……恶棍……”

觉察到自己一边喘息，一边痛苦地扭动着身体，我惊醒过来，只见品子阿姨正一脸担心地俯视我的脸。

“音祢，你醒了？做噩梦了吧？”

品子阿姨一如往日，和蔼可亲。然而对于已经怀着那个可恨秘密的我来说，连这样温柔体贴的话语都像针一般刺痛着我的心。

“啊，阿姨，我刚才说什么了吗？”

不会在说胡话的时候顺口把秘密说出来了吧？我忍不住观察品子阿姨的脸色。

“没，没说什么……”品子阿姨支吾道，“音祢啊，你什么事情也不用操心。没有任何人怀疑你。你受的刺激太大了，也难怪会这样，但一定要重新打起精神，赶快好起来呀。”

“阿姨，对不起。”

从品子阿姨的话中得知她一心以为上次的杀人案是我受惊的原因，我松了一口气。“阿姨，警察来说过什么吗？”

“音祢啊，你用不着挂念这些，现在安心静养比什么都重要，把一切通通抛到九霄云外吧。”

的确如此。再这样心慌意乱，一不小心在睡梦中泄露了秘密，问题可就严重了。我必须加倍注意。

案件发生后的第三天，尽管高烧依然没退，我已经不再说胡话。十天之后，我渐渐地能下床活动了。

品子阿姨尽量避免刺激到我，用温和的口吻对我讲述了后来发生的事，情形如下。

在那间煞风景的值宿室里被杀的果然是高头俊作。据说他在某个爵士乐团里吹长号和萨克斯管，过着相当放荡不羁的生活，跟他有染的女人不下五个。

“所以说呢，音祢，不管能继承数额多么庞大的财产，跟那种人结婚真是……虽然对你来说挺可惜。”

“没有，阿姨，我反而觉得一身轻松了。虽然不论对方是怎样的人，都不应该为他的去世而感到高兴……”

"你说得是。可这也是命运啊。"

"阿姨，高头俊作为什么会被杀呢？难道真是因为遗嘱？"

"谁知道呢，现在好像还没调查清楚。听说由于他与异性关系复杂，也有人猜测可能是这方面的原因。可是这么一来，那个叫岩下三五郎的人为什么会同时被害呢……从这点来看，恐怕还是跟遗产问题有关……"

"但是，阿姨，好奇怪啊。即便跟遗产问题有关，凶手为什么非得杀死岩下三五郎不可呢？"

"音祢，我也这么觉得。但这种事情，咱们女人想不明白啊。"

我默然不语，思考了一会儿，忽然又想起件事。

"阿姨，那个杂技演员为什么被杀？"

"啊，事情是这样的。听说可能是凶手进出那个房间时被阿操姑娘看到了。那样一来，如果之后从那个房间发现尸体，不是对凶手很不利嘛。所以，为了堵住阿操姑娘的嘴，凶手才会下此毒手……"

我禁不住浑身哆嗦了一下。竟然只为了这个就杀人……不过，凶手如果是那个男人，完全做得出来。毕竟，为了堵住我的嘴，他强行掠走了可视为处女生命的贞洁之花。

品子阿姨默默地望着我，终于一脸担心地压低声音说："音祢，尽管我觉得不太可能，这次的事情你没有隐瞒什么吧？"

"哎呀，阿姨，您怎么说这种话……"

"嗯，我倒是不相信你会有所隐瞒，只是那个叫金田一耕助的……音祢你也见过吧？喏，就是那个头发乱得跟麻雀窝似的人……"

"嗯，那个人是……"

"别看他那副模样，听说是位很了不起的侦探先生呢。他猜测栀子花发饰掉在尸体旁边不是为了嫁祸给你，而是暗示你管好自己的嘴，因为‘栀子’和‘无言’同音嘛。[①] 所以他说：‘小姐会不会隐瞒了什么？’”

“呀，好讨厌！”

虽然嘴上这么说，我脸上的血色却无法控制地迅速退去。

与金田一耕助之战

恢复健康固然是好事，但我也因此不得不接受烦人的警察啰啰唆唆的盘问。

负责这起案件的似乎是等等力警部。听说我康复了，他立即带着部下来到我家。这倒不要紧，没想到那个头发乱蓬蓬的侦探也一道前来，我不禁睁大了眼睛。

考虑到我的身体状况，这次的调查上杉伯父与品子阿姨也陪我在场。警部讯问的要点依然跟上次一样——我为什么会走到那个房间前面折回。对于这个问题，我的回答也没有改变。

“就像之前跟你们说过的，我担心如果走得太远，找不到回去的路就麻烦了。”

“要照这样，小姐，是不是太巧了呢？走到或许会成为自己未来夫婿的人被害的房间前，你心血来潮，忽然想折回去……”

“难道有什么预感？”其中一名刑警挖苦似的咕哝道。

---

①“栀子”和“无言”在日语里读音同为 KUCHINASHI。

我气呼呼地瞪了那人一眼，重新转向等等力警部。

“哎，警部，假如我到过那个房间，并且隐瞒了什么亏心事，怎么会带您到那个房间的前面去？难道您不觉得，即便我带您到那条走廊，编个谎话，走得靠前点儿或靠后点儿都更安全？而且……”

说到这儿，我一下子闭了口。因为我注意到那个叫金田一耕助的人正一边挠着乱蓬蓬的头发，一边笑嘻嘻地盯着我的脸。

“而且？小姐，还有什么情况？”

“不，我不会再往下说了。”

“这可不行啊。话怎么能只说一半呢？尤其是这么重要的场合。”

“音祢，警部说得对。想说什么你就全部说出来吧。”

上杉伯父从旁边温和地提醒我。

“好吧，其实也不是什么大不了的事。那枚栀子花发饰，我什么时候把它掉在了什么地方，真的没印象了。但我非常肯定，它唯独不可能落在那个房间。因为我根本一步都没踏进过那里。”

“小姐、小姐，我们谁也没有认为你进过那个房间。只是想问问你对于捡到栀子花发饰并拿到那个房间的人，有没有什么线索……”

“没有，我不知道。”

我立即斩钉截铁地回答，然后朝金田一耕助投去挑战的目光。

“金田一先生，您是金田一先生吧？”

“对，我、我是金、金田一耕助。”

冷不防被问到，金田一耕助显得有些惊慌失措，说话结结巴巴，急忙低了低顶着乱蓬蓬麻雀窝的头。

“听坐在这边的阿姨说，您怀疑凶手用那枚栀子花发饰暗示我别乱说话？”

“没错，我是说过。”

“即便的确如您所料，像我这种头脑愚钝的女孩怎么会理解那么难懂的秘密呢。”

“像我这种头脑愚钝的女孩……”金田一耕助一边鹦鹉学舌般重复，一边直直盯着我，意味深长地笑了，“哈哈，失礼了。但小姐你未免太谦虚了。你聪慧过人，在座的各位无人不知。你是校史上才貌双全的第一名媛，这可是出了名的。”

我瞪着金田一耕助。他为什么忽然说起这种事？我必须当心。这话里不是设了什么陷阱吧？

“所以啊，我觉得非常不可思议。”

“您指什么？”

尽管留心不落入陷阱，但听到对方有意引诱的口吻，我仍然忍不住这样反问。

“不，你不仅是才女，我还听说你性格刚强稳重。这么点儿打击竟让你发烧休养十天，有些……毕竟像你这么坚强的姑娘，应该不会由于虚无缥缈的百亿元从手边溜走，就失魂落魄吧。”

啊，他一针见血地戳中了我的痛处。难道这个人知道在那间可恨的卧室里发生的一切？

然而，我绝不能败下阵来。在疑虑重重的警部与刑警们眼前，我不能这样默不作声。

“金田一先生，您可真是没有同情心啊。”

“哈哈，抱歉。但你这话什么意思？”

“诚然，您对那样的尸体已经见怪不怪了。但我是个女孩啊，刚刚踏出校门不久，可以说完全没见过世面。一个晚上就让我看了两具尸体，而且见都没见过的男人的胳膊上还文了自己的名字，这种打击可不是三言两语就能说清的。您这么没有同情心的人跟这起案件扯上关系，所以我就连不小心生个病都不行了，是吗？”

“哈哈，不，是我失礼了。”金田一耕助低了低头，然后忽然想起什么似的，把我丢到一边，转向上杉伯父。

“对了，上杉先生。”

“嗯……”

“您当晚有没有听私家侦探岩下先生说起佐竹建彦先生的事？”

“建彦的事？”伯父睁大眼睛，“这么说岩下先生认识建彦？”

“应该认识。有迹象表明，岩下先生也接受了佐竹建彦先生的委托。佐竹先生好像请他寻找现居美国的佐竹玄藏先生的血亲。”

金田一耕助明显有意让我听到这番话。难道他以为我包庇的是建彦舅舅？我禁不住任由微笑爬上唇角，但察觉到他的视线，只得慌忙重新闭紧嘴巴。

就这样始料未及，我已经将这个大名鼎鼎的侦探——金田一耕助摆到了对手的位置，被赋予了不得不战斗下去的命运。

第二章　恐怖群像

恐怖群像

玄藏老先生遗嘱的详细内容从美国寄到黑川律师事务所，是大约两周后。

那时的我刚刚从致命的恐惧中解放出来，多少有种心里的一块巨石终于落地的感觉。这份致命的恐惧就是怀孕。

会不会因为那天的事怀孕？这种恐惧化作乌黑的火焰，几乎将我灼烧成灰烬。每天我都密切关注体内的变化。一旦那时候肮脏不堪的享乐结果在里面发芽……只要想到这个，我就会被简直要逼得人发疯的恐惧深深攫住。正因如此，例假顺利到来时，我开心得根本无法用言语形容！我终于多少恢复了从前的开朗，逐渐能正视伯父和品子阿姨的脸了。

玄藏老先生的遗产问题进展到第二阶段，正是在那个时候。

某天，我被伯父叫到书房，只见他坐在品子阿姨对面，面色沉重。

此前，我一直没找到合适的机会来描述这位伯父的风貌，在这里简单形容一下。

上杉伯父今年六十一岁，尽管身高只有五尺四寸，柔道五段的身躯却显得威风凛凛，肤色微黑，仪表堂堂。

伯父温和地看着我，以沉稳的语调开了口："音祢，有关上次玄藏的遗产问题……"

我大吃一惊，不由自主地垂下眼帘，双肩微微颤抖。

"怎么了？不想听这件事吗？"

"没有，那个……请讲吧。"

"好，那我就说了。遗嘱的复印件不久前寄到了黑川律师那儿，而且他也查明了遗嘱上出现的所有人员的地址，因此他打算召集所有人明天下午两点到事务所，宣读遗嘱内容。你觉得怎么样？"

"怎么样是指……"

"啊，就是你想不想去。"

"伯父，阿姨，我是不是去一趟比较好？"

"音祢，当然是去比较好了。反正诚也也说他可以陪你一起去。"

"啊，要是伯父也能陪我去就再好不过了。"我顿时松了口气，"伯父，佐竹舅舅也会来吧？"

"那还用说，他跟玄藏的关系比你还近呢。但音祢，你为什么这么问？"

"没什么……只是，伯父，我总觉得有点儿害怕舅舅……他不是拜托过私家侦探寻找玄藏老先生的血亲嘛。"

"音祢，那个呀，大概是出于一种好奇心吧。建彦就是个冒险家，对这种事情肯定兴趣盎然。但他本性善良，没什么可怕的。更何况他还是你的亲舅舅。”

“音祢，难道你有什么怕他的理由？”

品子阿姨一定是听到了我在梦中的胡话。她那么谨慎，虽然没明说出口，但似乎把我喊的“恶棍”理解成了建彦舅舅。

决定命运的十月二十八日终于来临了。如今回想起来，这次聚会正是预告着我接下来要讲的无数次流血事件的开端。与之相比，国际饭店的三起杀人案不过是序曲罢了。

此话先按下不提。由伯父带着踏进黑川律师事务所极为宽敞的会客室时，呈现在我眼前的，是已在那里的十名男女构成的生硬群像。

这十个人里，我熟悉的只有黑川律师和建彦舅舅两个人。另外还有一个也认识，那就是头发乱蓬蓬、仰靠在安乐椅上的金田一耕助，他的出现令我惊讶不已。这个人怎么总是神出鬼没！我对他非常反感，以致看见他想对我打招呼也毫不理会，冷冰冰地把头扭到一边。建彦舅舅看到这一幕，露出雪白的牙齿，意味深长地笑了。

找到座位后，我悄悄地环顾房间内的人。

坐在这里的十二个人当中，除了上杉伯父、黑川律师以及金田一耕助，剩余的九个人应该都出现在了遗嘱上。于是，排除自己和建彦舅舅，我仔细观察起其他七个人来。

首先映入眼帘的，是一个浑身堆满脂肪的四十岁女人。她鲜红色的晚礼服领口大开，赤裸裸地露出半个鼓胀的豪乳，那头烫染过的红发如豪猪刺般根根竖立，浓艳的妆容再加上涂成红色的尖指甲，总之从头到脚只能用恐怖一词来形容。

这个职业摔跤手体形的女人沉甸甸地陷在安乐椅里，一口接一口地吐着烟圈，用毫不顾忌的眼神打量着我。她身后还站着一名二十岁左右的纤细男子，右手搭在女人肩上，左手握着女人的左手。他没有丝毫男子汉气概，是位肤色白皙的美少年。当然，两人应该并非母子关系。

少年用傲慢的目光看了看我，然后贴到女人耳边，撒娇似的低语几句，两人随即哧哧地笑起来，随后重又盯住我的脸。

我慌忙移开视线。

离这两人稍远些的长椅上，仰靠着一个四十五六岁、精神抖擞的男人，左右两边各拥一个女人。他身穿苏格兰粗呢西装，胸前戴着金项链，手指上也戴着枚粗粗的金戒指。从以上几点，这个人的品性足可一目了然，问题是侍奉在旁的两个女人。

她们明显是对双胞胎。两人长得极为相像，简直是一个模子里刻出来的。年龄看上去和我相仿，但都穿着花哨的套装，浓妆艳抹，指甲也涂成了红色。即便如此，她们并不那么醒目，原因或许在于坐在旁边的那位“职业女摔跤手”。

离这三个人稍远些的地方，站着位无精打采、穿着寒碜连衣裙的少女。大约十六岁，长相不难看，脸色却非常不好。旁边有个留平头、四十五六岁的魁梧男人，一副想搂住少女的样子，正对着她窃窃私语。脱掉外面的西装，恐怕他浑身上下都是刺青——我不由自主地这样想。

我若无其事地观察这七个人组成的奇妙且隐约弥漫着可怕气息的群像。这时，左拥右抱孪生姐妹的金链男拿出怀表看了看，说：“律师，该开始了吧？这两位还要登台演出呢。”

“抱歉，请再稍等片刻……因为还有一位必须到场的人物没来。”

说着，黑川律师扫了一眼座钟。就在这时，会客室的入口处出现了一对结伴而来的男女。看到他们，我差点儿从椅子上蹦起来。

这不是杂技演员笠原薰和那个男人——侵犯我的浑蛋高头五郎吗？！

佐竹一族

我非常感谢当时那个男人和笠原薰一同出现，否则金田一耕助恐怕就从我吃惊的神情中嗅出那个男人和我的关系了。上杉伯父对笠原薰的出现也相当震惊，所以似乎也将我惊讶的源头理解成了她。我暗暗地松了口气，冒汗的掌心里，手帕早已被揉成一团。

“黑川律师，我把笠原小姐带来了。”

高头五郎用与此前截然不同的态度向黑川律师打招呼。然而，我绝不能瞪大眼睛，也不能让呼吸变急促，必须将这个男人视为司空见惯的路边石，置之不理。对方也看都不看我一眼。

“啊，堀井，辛苦了。这下所有的人应该都到齐了，你再帮我确认下吧。”

黑川律师的口吻听上去十分放心。高头五郎用眼睛数了数在场的全部人员。

“是的，律师，现在所有人都到齐了，确认无误。”

“啊，好的。那你也留在这儿吧。介绍你认识一下金田一先生。这是堀井敬三，尽管年纪轻轻，却很擅长这种调查，除了上杉家的小姐和佐竹先生，其余五位佐竹家的人都是他找到的。今后也请您多多关照。”

“哦，是吗，那真是了不起……”

上次在饭店的卧室里侵犯我之后，在离开前，这个男人不是说过吗？“下次再见面的时候，我或许就用不一样的名字了。”果然，他在这里用的名字是堀井敬三。这么一来，今后我也得称他为“堀井敬三”了。

再说笠原薰，她从在场的人中发现了建彦舅舅，刹那间惊讶得目瞪口呆，但下一刻便兴冲冲地跑过去，扑到舅舅怀里。

“哈哈哈，阿薰，你吓了一大跳吧？我们成亲戚了。哈哈哈，好了，来这儿坐，大家可都看着呢。”

“佐竹先生，您之前就知道这位小姐跟玄藏有血缘关系吗？”

“嗯，知道啊，所以她妹妹阿操被杀时我才会那么愤怒。警方推测阿操目睹了凶手进出那个房间，因而被杀。但我认为不仅仅是这个原因，凶手是不是从一开始就瞄准了阿操呢？”

“什么意思？”

“当然是为了尽量减少与玄藏有血缘关系的人。因为那样的话，或许能增加继承遗产的几率，或者提高分配的份额。”

“可那时候别说凶手本人，就连黑川律师也不知道遗嘱的内容啊。”

“所以凶手绝对是在押宝，而且赌得还很大，毕竟下的注是大手笔嘛。”

“佐竹先生，您简直就像在说您自己。”

“哈哈哈！我就猜您会这么想。但很抱歉，不是我。”

“对了，佐竹先生，您是怎么知道笠原姐妹是佐竹家的人的？”

“当然是请岩下三五郎先生查到的。岩下先生没有这位堀井能干，所以只发现了这对姐妹。”

“您到处寻找与玄藏有血缘关系的人，到底要干什么？”

“要干什么？您不觉得很有意思吗？把有可能写在大富翁遗嘱上的亲戚们找出来，多刺激啊。哈哈哈。”

如此让人心惊胆战的问答，我实在听不下去了。

“黑川律师。”

“什么事？”

“刚才律师您说，除了我和佐竹舅舅之外，其他五位佐竹家的人都是由堀井先生找到的，这么说，在场的并不全是佐竹家的人了？”

“对，没错。我来介绍一下吧。堀井，请你帮我分发一下印的资料。”

“好的。”

堀井敬三站起来，将油印的资料一张张发给大家。他最后走到我跟前。“小姐，请您也拿一张。”

他边说边把资料和一张折得很小的纸塞到我手里。我吓了一跳，不由自主地朝金田一耕助那边瞥了瞥。幸好他在浏览资料，没有留意。

“实际情况更复杂。下落不明的和绝嗣的就不提了，说起如今还活在世上的几位，笠原薰小姐、岛原明美小姐、佐竹由香利小姐以及根岸蝶子和根岸花子两姐妹是玄藏的大哥——彦太先生的后代，佐竹建彦先生和宫本音祢小姐则是他二哥善吉先生的子孙。只有以上七位是玄藏的血亲。”

“人居然没有增加。”

“佐竹先生，这都是战争造成的。当然了，原本应该写在这张表上的六位男性都是死于战争。”

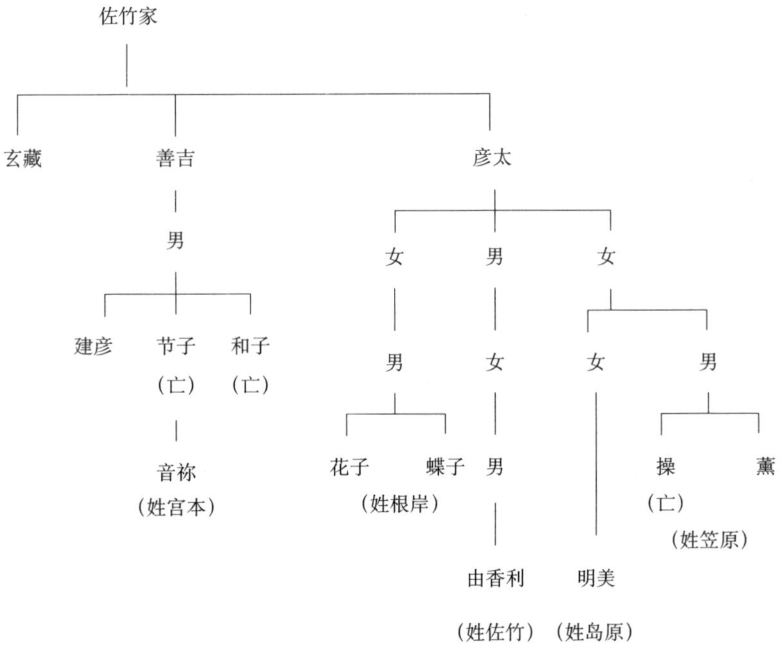

“这样啊，那看来战争也不是一无是处嘛。”建彦舅舅恶毒地笑了，“那这七个人怎么办？”

“说起来啊，玄藏本来打算将那个叫高头俊作的人和这位音祢小姐撮合成一对，并把百亿财产痛痛快快地留给他们。”

蒙面胁迫者

听到百亿这个数字，在场所有人顿时炸开了锅。不用说，他们在来这儿之前，肯定已经听说了大致的情形，但此刻再次从值得信赖的律师口中听到这一消息，感觉更加真切，自然抑制不住地兴奋。

浑身堆满脂肪的“职业女摔跤手”用可怕的眼神盯着我。过后我才知道，她就是岛原明美。孪生姐妹自不必说，分别是根岸蝶子和根岸花子。而那位身穿寒碜连衣裙的少女，则是佐竹家的直系佐竹由香利。

“但是，不管玄藏先生的意愿多么强烈，这个想法是没法实现了。所以作为理所当然的结果，得按第二项条款实行。”

“第二项条款是指……”

左右各拥蝶子与花子的男人目光犀利，口气如同逼问。我后来得知，这个将两姐妹一起收为情妇的男人名叫志贺雷藏。

“第二项条款是指第一项条款无法履行的情况下，百亿元……虽然这么说，扣除遗产税等，大概还剩下不到一半，这些钱将由你们七位……原本加上高头俊作和笠原操是九位，但他们已经去世……所以按第二项条款的规定，遗产由剩下的七位平分。”

连根针掉到地上都听得到的静寂在密不透风的会客室内弥漫开来。对于这静寂中蕴含的恐怖意味，我心知肚明。我下意识地回头望了一眼上杉伯父，伯父也有些兴奋，但仍然对我报以沉稳的微笑。

“妈妈！妈妈！”忽然，美少年把双手放到岛原明美的肩膀上，从后面用力摇晃。他脸颊通红，双眼兴奋得闪闪发光。

“知道啦，史郎。”岛原明美使劲儿握住少年搭在她肩膀上的手，“妈妈不管变得多有钱，都不会抛弃你。倒是你，可别见异思迁哦。呵呵呵……”

我不禁感到浑身发痒，尴尬万分。岛原明美故作媚态，问：“那么，律师，财产分配是不是马上进行呢？”

“不，并不是马上进行。因为玄藏先生还在世。也就是说，玄藏先生百年之后，这份遗嘱才会生效。”

“那位老爷爷，不，玄藏老先生的身体还好吗？”

“不是很好，据说有段时间甚至生命垂危，但近来又好转了，眼下的状态还算稳定。可毕竟接近百岁高龄了，年老体弱……”

“这样啊。对了，律师……”蝶子与花子的金主志贺雷藏探出身来，他依然厚颜无耻地搂着两个女人，“如果，假设……我是说假设啊。玄藏去世之前，换句话说就是那份遗嘱生效之前，这儿的七个人少了一个……也就是……我说得有点儿不吉利，但要是有一个人或两个人死掉……”

我惊讶地重新审视志贺雷藏的脸，然后偷偷扫了一眼堀井敬三。敬三正一边露齿冷笑，一边假装漫不经心地望着建彦舅舅。看到这一幕，不知为何，我只觉心底紧张起来。

“到那时候……剩下的人分得的份额自然会增加。”

全场再次陷入一片死寂。事后回想，那恐怖的沉默中，已经萌生了之后接连不断发生流血事件的种子。

“哈哈，这可真有意思！”

忽然扬声笑道的是鬼头庄七——楚楚可怜的由香利的养父。

“那可以这样理解吧？假如在这儿的另外六个人全部死掉，只剩由香利一个人活着，百亿元的财产就都归她了，对不对？”

“是的，您说得没错。所以大家在得到幸运之神眷顾的同时，处境也非常危险。前几天，遭人毒手的高头俊作和笠原操便是各位的前车之鉴。”

会客室内又变得鸦雀无声。

由香利像只惊弓之鸟，浑身瑟瑟发抖；“职业女摔跤手”岛原明美用母狮般的眼神狠狠地瞪着在场众人，那脂肪堆积而成的庞大肉块里仿佛填满了斗志；蝶子、花子姐妹虽然容貌美丽，却白痴般瞪着呆滞的眼睛；笠原薰则目不转睛，紧紧靠在建彦舅舅身旁。

我的视线再次移向堀井敬三。他正一副若无其事的表情，观察着每个男人的脸色。建彦舅舅搂着笠原薰的肩膀轻轻爱抚，金田一耕助则挠着他那乱蓬蓬的头发。

“其实，我提前公布遗嘱的内容，也是这个原因。假如在场的哪位得知了遗嘱的内容，为了神不知鬼不觉地独吞这些遗产，或许会对其他人下毒手，换句话说……如果像高头俊作和笠原操的遭遇那样，就无可挽回了。所以我觉得还是先提醒大家保持警惕比较好，就公布了遗嘱的内容。”

“那遗嘱的内容此前有泄露出去的迹象吗？”志贺雷藏问道。

“呃，这个很难说。毕竟的确发生了高头俊作和笠原操的惨案。而且还有一个人令玄藏先生十分畏惧。”

“还有一个人……”发问的是建彦舅舅。

“此人叫武内润伍，据说出于某种理由，玄藏先生原本打算把财产都留给他，曾一度把他叫到了美国。谁知他软硬不吃，给玄藏先生添了许多麻烦。没办法，玄藏先生只好给了他一笔断绝关系的补偿费，把他赶回了日本。他后来仍然屡次三番纠缠着要钱，玄藏先生也厌烦了，不再搭理他。大概三年前，他写了一封威胁信给玄藏先生，说他对玄藏先生恨之入骨，一定要报复老人的遗族。自那以后，他就音讯全无了。玄藏先生似乎非常忌惮他……”

“他长什么样？有没有照片什么的？”

“一张也没有。听说以前有，但玄藏先生不想再看见，就连同底片一起撕掉扔了。”

“那知道年龄吗？”

“蒙玄藏先生照顾时，他二十岁左右，把他赶回日本是在昭和五年，按说现在应该有四十五六岁。请大家也牢牢记住此事，严加防范。”

黑川律师说完，扫视了一遍大家的脸，忽然想起似的说：“对了，诸位此前有没有听过三首塔这个名字？”

三首塔？从黑川律师口中听到这个名字，对我来说已经是第二次了。但其他人从来没有听过。

“三首塔……好奇怪的名字啊。它有什么特殊的意义吗？”问话的是志贺雷藏。

“嗯，那座塔里有武内润伍的照片……当然是年轻时候的。除此以外，听说还保存着许多重要的东西。可那座塔在哪儿，玄藏先生自己都不记得了。不管怎么说，都那么大年纪了嘛……”

“那座塔对于这次的遗产继承有什么重大意义吗？”

上杉伯父问道。这是伯父那天第一次发言。

“好像是的。按道理，只靠这份遗嘱就能发挥足够的法律效力。但不知为什么，玄藏先生一直很在意那座塔。不过，算了，暂且把那当成他老人家的胡思乱想好了……那么，今天就说这些吧……”

就这样，带着种种谜团，令人毛骨悚然的首次聚会结束了。等回到家独处后，我用颤抖的手打开了堀井敬三递来的纸。

“十一月三日晚上八点，日比谷十字路口见。”

上面只写了这几个字。

难道堀井敬三知道那天晚上我要和朋友去日比谷公会堂听音乐会……直到此刻，我才切身感受到这个男人的可怕。

女怪之群

没有什么场面比在黑川律师事务所举行的佐竹家族首次聚会给我的印象更深刻了。

与那笔可谓天文数字的百亿遗产相关的七名男女……这七人当中无论哪一个，身上都带有异样的氛围。

先说说那个“职业女摔跤手”岛原明美的恐怖之处吧。那脂肪堆积而成的庞大肉块、猫一样精心打磨过且染成鲜红色的指甲、母狮般勇猛彪悍的眼神，还有对那个叫史郎的美少年说话时嗲得让人生厌的语调……仅仅回想一下都令人毛骨悚然。

蝶子和花子那对孪生姐妹又如何呢？聚会期间自始至终没有开口的只有她们两个。蝶子也好花子也罢，都貌美如花，但那种美丽总让人感觉缺乏生气。无论话题变得多紧张，她们都一直面无表情地大睁着眼睛。

众目睽睽之下被志贺雷藏揽在怀里，却依然镇定自若，面不改色，真不知道该说她们无耻还是无知……缺乏表情变化这点想来也令人毛骨悚然。她们仿佛被鬼怪附了体，我总感觉她们那痴呆的美丽外表下潜藏着世间少有的恐怖之物。

有如软体动物的笠原薰如何令人生厌，前面已做描述。问题是建彦舅舅和她到底是什么关系呢？

玄藏老先生为什么不愿意把全部财产留给楚楚可怜的佐竹由香利呢？那个年幼的由香利不是佐竹家的直系吗？假如指定她为全部

财产的继承人，就不会发生任何纠纷了吧……可是……不，不，答案是否定的。我想起了由香利的养父鬼头庄七说的那番可怕的话。

“那可以这样理解吧？假如在这儿的另外六个人全部死掉，只剩由香利一个人活着，百亿元的财产就都归她了，对不对？”

鬼头庄七到底是个什么样的人？生活在那么可怕的养父身边，由香利会受到怎样的对待？不，不，不光鬼头庄七和由香利，根岸蝶子、根岸花子以及她们的金主志贺雷藏，我都一无所知。还有浑身堆满脂肪的岛原明美和像是她情人的史郎，他们究竟是什么样的人？

我这样将六位继承人与其身边的人逐一评定后，忽然醒悟过来，开始思考自身的处境。

我真的具备批判其他继承人的资格吗？

我宫本音祢不过是把那样肮脏的秘密藏于心底，装出一副大家闺秀的姿态故作清高罢了。啊……我哪里还有脸面对人说三道四？我的身体里到底流着佐竹家族的血。我与岛原明美、笠原薰和根岸姐妹没什么区别，同样是个女怪。

岛原明美有美少年史郎，笠原薰有建彦舅舅，根岸姐妹有志贺雷藏，佐竹由香利有鬼头庄七，她们各自都有男人相伴。而我也一样，有个叫堀井敬三或称高头五郎的恶棍如影随形。

我正漫无边际地思考，一个可怕的念头猝不及防地闪过脑际。

据黑川律师说，除了佐竹家族外，还存在一个叫武内润伍的人，他企图报复玄藏老先生的遗族。而且他现在应该有四十五六岁。这么说来，志贺雷藏与鬼头庄七到底多大年纪？看相貌，似乎正是四十五六的样子。难道武内润伍就在他们两个之中……

“哎呀，宫本，你怎么了？”坐在左侧的朋友河合冲我说了这么一句，我才猛地从恐怖的记忆中回过神来。

“你刚才抖得厉害呢……”

河合一边低声询问，一边目不转睛地审视我的脸。

“不好意思，我忽然觉得有点儿不舒服……”

“说起来，你的脸色很差啊……”

桥本也从右边的座位探过身，担心地看向我的脸。我们已经小心翼翼，压低声音悄悄交谈了，但观众席的四面八方还是传来“嘘——嘘——”的斥责声。

“他们让我们安静呢，你们不用担心我……”

我全身僵硬，将手帕紧紧地攥在掌心。

此刻在日比谷公会堂的舞台上，著名的外国钢琴家正在演奏。场内座无虚席，所有观众如痴如醉地沉浸在美妙的乐曲中。然而说老实话，一个音符都没有进入我的耳朵。

现在刚好七点半。八点前我必须到达日比谷的十字路口。要是惹恼了那个流氓，不知道会有怎样的下场。我切身体会到了女人以身相许之后的软弱，忍不住感慨万千。

可是，音祢啊，尽管你这样自欺欺人，蒙骗自己的良心，但其实你想飞奔至那个男人的身旁，不是吗？而且你渴望被那个男人燃烧的双唇碰触，渴望被那个男人强健的臂膀紧紧拥抱，甚至无法呼吸，渴望扭动身体发出呻吟，沉浸在漫无边际的愉悦之中，不是吗？

“不！不！不！怎么会……”

我不由自主地喊出声，紧接着猛地回过神来。幸好那时全场淹没在一片暴风骤雨般的掌声中，除了坐在我两侧的河合与桥本，没有人注意到我的狂态。

“你好像真的很不舒服呢。”

“你的脸通红，面红耳赤的。”

休息时间，我们来到走廊。河合和桥本忧心忡忡地从两侧凑近，打量我的脸。

“嗯，总感觉头昏脑涨的……不好意思，我先回去了。难得你们邀请我，抱歉……”

“谁让身体不舒服呢……可是你一个人没问题吧？”

“呵呵，不要紧。实在抱歉，请原谅。”

“好吧。那我们送你到门口。好好保重啊。”

一个秘密召唤另一个秘密，由此便诞生了谎言。我欺骗了两位朋友，从日比谷公会堂正门出来，往楼梯走去。就在这时，背后传来一个熟悉的声音：“呀，这不是音祢吗？”

我吓了一跳，回过头去，只见建彦舅舅与笠原薰亲热地挽着胳膊站在那儿。一看是他们俩，我逃也似的跑下楼梯。途中将手帕掉在了楼梯上，可我甚至不敢捡回来。

巡礼

“哎，小姐，要打车吗？”

我站在日比谷十字路口的安全地带[①]，装出一副等电车的模样。忽然，后面有人搭话，我回过头，面前停了一辆显示着“空车”牌子

①在日本，为使市内有轨电车的乘客上下车不发生危险，设置在马路上的特殊区域。

的出租车。

“不用了，我……”

我小声拒绝道。司机却从驾驶座走出来，打开了后车门。

“请上车……是我呀，音祢。”

我惊讶得打了个趔趄，但立刻环顾四周，默默钻入车内。司机坐上驾驶座后，立即将车驶离了现场。

“怎么了，音祢？看你心慌意乱的。难道有人跟踪你？”

“没什么……只是……”

“只是什么？怎么回事？”

“刚才我在公会堂遇到了佐竹舅舅……”

“原来佐竹建彦也来公会堂了。”

“嗯。”

“他一个人吗？”

“不是，和那个叫笠原薰的……”

“哦，这样啊。那可有好戏看了。哈哈哈。”

男人手握方向盘，从喉咙深处发出低沉的笑声。从后视镜中捕捉到那张面孔的刹那，我忍不住“啊”地大叫了一声。

映在后视镜中的脸既不属于堀井敬三，也不属于高头五郎。那是个戴金边眼镜、蓄着八字胡的文弱男人，看上去四十岁左右。

“你是谁？”

我的心脏在胸腔内一阵狂跳，简直就要爆裂。对方则在镜中看笑话似的笑了。

“是我啊。你的恋人高头五郎……堀井敬三……随便叫哪个都可以。怎么样，音祢，我的易容术相当了得吧？”

啊，原来这个恶棍跟变色龙一样，懂得变换容貌的伎俩。无论怎么看，我都不会想到眼前的人是黑川律师的助手堀井敬三。

“你要把我带到哪儿去？”

“这个嘛，我想带你做一趟短暂的巡礼。”

“巡礼……”

“很快你就会明白的。对了，音祢，那儿有个皮包吧？”

如他所说，座席的一角果真放着个小小的皮包。

“那里面有长围巾和眼镜，你也乔装打扮一番吧。就算我已经‘变身’，你要是暴露了，计划还是会泡汤。”

尽管不知道会被带到哪儿，我也不愿让别人看到我和这样的男人单独在一起，而且最重要的是存在危险。打开皮包一看，里面放着一条素色长围巾和一副玳瑁眼镜。我把长围巾裹到头上，戴上眼镜，拿出化妆盒朝镜子里看了看。总之我也实现了变身，虽然不是很彻底。

“喂。”

“嗯？”

“不知道你要把我带到哪儿去，但是最晚十一点前你得把我送回家，不然伯父和品子阿姨会担心的。”

“啊，这没问题。为了咱们的关系能天长地久，还是尽量不要让别人起疑为妙。呵呵。”

听着男人低沉的笑声，我紧闭的眼角不由得渗出了温热的泪水。我从没感觉自己比那时候更可怜过。

堀井敬三将车停在浅草的松竹座剧院旁，拉起我的手向六区[1]

---

①位于东京浅草西南部，初设于明治年间，是有名的娱乐餐饮设施集中区域。

的方向走去。我从没有在这个时间去过六区，而且还是和男人一起。可事到如今，瞻前顾后也无济于事了。在今晚的计划结束之前，这个男人肯定会硬拽着我不放。浑身瑟缩不安的我被他抓着胳膊一路向前。

我们穿过杂乱无章的六区的拥挤人群，走到旁边巷子的尽头，来到一间装饰着霓虹灯、名叫“红蔷薇剧场”的简陋小屋前。店外张贴着让我几乎不敢正视的大幅裸女海报，看来这里是脱衣舞剧场。见堀井敬三在售票处停住脚，取出钱包，我忍不住紧紧抓住他的胳膊，说：“不要，我……才不要进这种地方……”

“有什么关系。为了将来，你也应该看看这种东西。用不着害羞。”他连措辞都变了。

“可是……”

“好了好了，一切包在我身上吧。”

买完票，堀井敬三简直是拽着我的胳膊往里走，那副德行只能让人以为他是个好色乡绅。如此说来，那我看上去像什么啊！

然而……经过检票处时，我终于明白了这个男人的目的。

“我先出去一下。等海伦和玛丽演出结束后，叫她们在后台等我。我十点半以前回来。”

看清边高声说话边从办公室走出来的男人的面容，我惊讶得在长围巾下暗自倒吸了一口凉气。

这不是左拥右抱孪生姐妹花蝶子与花子的志贺雷藏吗？

雷藏用锐利的目光瞥了我一眼。大概是长围巾和玳瑁眼镜这两样伪装道具发挥了作用，他什么也没察觉，径自疾步向门外走去。

金与银

“刚才那位是……”

在观众区的一角落座，我的心依然颤抖不已，剧烈地跳动着。

“他是这里的经理……”

堀井敬三小声回答。他对比了舞台和节目单，然后心满意足般叹了口气，若无其事地环顾四周。

幕布升起，但我根本连头也抬不起来。幸亏场内的灯光变暗，否则我真想找个地洞钻进去。

不过，这略微宽心的时间仅持续了一会儿，伴随着稀稀落落的掌声，幕布似乎落了下来，场内的灯豁然亮起。我将下巴埋在长围巾中，身体僵硬。

忽然，敬三抓住我的胳膊，在我耳边低声说：“你看一眼西侧的二楼。”

“西侧？”

“左侧……从舞台数第六把椅子……要不动声色……千万别露出大吃一惊的样子。”

我悄悄地抬起头，朝他所说的方向望去。尽管有提醒在先，我还是没克制住，一时惊讶得喘不上气来。

从二楼第一排座位上探出半截身子、无所顾忌地朝楼下张望的，不是岛原明美养的小白脸——美少年史郎吗？

抬头看的我与俯视的史郎刚好四目相对，我慌忙低下头，身体不由自主地微微颤抖。

“糟了，我……被他发现了吗？”

“怎么会……他不可能认出来。”

“可他不是正看着我这边吗？”

“不过是看到你这样的年轻女孩光顾这种地方，觉得不可思议罢了。瞧，他已经看那边了。”

“难道他也跟这家店有关系？”

“没什么关系……所以才有意思嘛。他为什么会出现在这里……”

“他究竟是什么人？”

“他叫古坂史郎，是个孤儿，凭借美貌在一个又一个女人身边混吃混喝……眼下是那个胖女人的宠物。”

“那个女人是……”

“等一下会让你看清楚。先不说这些，那个美少年来这里还真是有趣，是吧，音祢？”男人低声说道，“争夺战已经拉开帷幕喽，而且是血淋淋的。哈哈哈。”

“呀，怎么会那么可怕？”

我的身体正微微颤抖，铃声响起。伴随着管弦乐队的演奏，幕布再次升起，场内又暗了下来。我舒了口气，放松紧张的神经，依旧低着头。不一会儿，观众席四面八方又噼里啪啦地响起寥寥掌声，这时敬三用胳膊肘轻轻顶了顶我。

“别老低着头。我们是来看节目的嘛。来，好好看！”

在他的催促下，我战战兢兢地抬起头，只见舞台上有一金一银两个演员正在疯狂地跳舞。她们浑身上下只遮着极少的部分，其余全都裸露在外，一个被涂成了金色，一个被涂成了银色。两人分别戴着金色和银色的帽子，脚上也分别穿着同色系的凉鞋，宛如两条纠缠在一起的蛇，不停地扭动身体。

“对身体很不好，这种舞蹈……因为全身的毛孔都被堵住了。听说从涂上颜料到清洗干净，超过三十分钟就很危险。对了，你知道她们是谁吗？这两个演员……”

“谁？”

“海伦根岸和玛丽根岸，也就是根岸蝶子和根岸花子。”

我再次惊讶得倒吸一口凉气，重新看向舞台上的两个演员。从那涂成金银两色的面具般的脸孔上，根本找不出蝶子和花子姐妹的面容。

敬三环视了一下观众席。

“没什么人来看啊。怪不得志贺雷藏沉不住气了。”

他忽然抓着我的胳膊站了起来。

“这次要去哪儿？”

一钻进汽车，我精疲力竭的身体立即深陷进坐垫。

“这次去池袋，接下来是新宿，最后再带你去个好地方……呵呵，然后今晚就解放你。”

看到男人不出声的笑脸，我顿时一阵恶心，浑身难受得发痒。但与此同时，胸口也传来剧烈的心跳声。啊，难道我体内也和佐竹家族的其他女人一样，流着淫荡的血？

到达池袋名叫奥利安剧场的小屋前时，刚刚过九点。

“我们还要进去吗？”

“嗯，是啊。”

这个剧场似乎是表演歌舞杂技的，我们进去的时候，一个身材魁梧的大汉和一个十六七岁的可爱少女正在舞台上表演杂技。

大汉在黑缎面紧身衣外罩着同色同质地的衬衫，腰部扎着银色的粗腰带。少女穿桃红色紧身衣和肉色紧身裤，头戴花环。

杂技以令人目不暇接的飞快节奏上演，一个花样接一个花样，层出不穷。楚楚可怜的少女被大汉抛起来，像猫一样在空中骨碌碌地旋转。少女技艺之绝自不必说，速度之快也让人十分尽兴。

然而演着演着，不知什么缘故，在空中旋转的少女忽然用力踢向男人的头部。男人勃然大怒，抬手便扇了少女一巴掌，声音响亮得连观众席的最后一排都能听见。他对着趴在舞台上的少女又踢又踩，但似乎仍不解气，干脆猛地扯掉黑衬衫，露出了全身乌黑的刺青。

男人从舞台上拿起一条长鞭，照着不知逃往何处才好的少女的后背猛抽，噼噼啪啪的声音尖锐刺耳。穿黑色紧身衣、浑身刺青的大汉对楚楚可怜的少女挥动鞭子，此情此景实在惨不忍睹。

“喂，喂！”

“怎么了？这也是在演戏呢。你看，他们的动作不是刚好跟音乐合拍吗？这是一种不良趣味啊。对了，音祢，你应该认出这两个人是谁了吧？”

我惊讶地瞪大眼睛，这才察觉舞台上的演员是佐竹由香利和她的养父鬼头庄七。

“看来那姑娘已经不是处女了，早已沦为那个男人的玩物。说得更准确些，就是任凭那个男人摆布。竟然还能摆出一副温顺可人的样子，真是个不简单的姑娘啊。好了，我们走吧。”

可怕的偷窥

“音祢，你带口红和眉笔了吗？”

当我们再次坐进车内，堀井敬三在驾驶座问道。

“嗯。”

“那你重新化化妆吧，要花哨艳俗点儿的。这次光靠长围巾和玳瑁眼镜没有把握。”

“我、我们要去什么地方？”

“好了，别啰唆，照着我说的做就行了。”

我取出化妆盒，开始浓妆艳抹。描长眉毛，晕染眼眶，加重腮红，然后将嘴唇涂得血红，整张脸最终被我弄得色彩鲜明。在车内微弱的灯光下，看着镜中自己那张惨不忍睹的脸，我的泪水几乎夺眶而出。可是，我无法违背这个男人的命令。

“那个，这样可以吗？”

我重新戴上玳瑁眼镜，将脸探向前。堀井敬三在后视镜中仔细端详了一番，说：“很好，非常棒！这样即便不戴眼镜，也绝不会有人认出你是宫本音祢。你还挺有一套嘛，不愧是佐竹家的人。哈哈哈。”

听他说“不愧是佐竹家的人”，一股屈辱感顿时令我浑身火烧火燎般滚烫。

“你这次是不是要带我去岛原明美那儿？”

“对，没错。悟性不赖嘛。”

“她是干什么的……”

“马上你就知道了。不过，音祢……”

“嗯？”

“这次或许必须面对面地交涉，所以我们一定得多加小心才行。你要装出盛气凌人的样子，走路的时候还得使劲儿扭屁股……就像梦露似的。”

“那种事我怎么做得来……”

“怎么可能做不出来？你不也是佐竹家的人吗？哈哈哈。”

屈辱和愤怒几乎堵满了我的胸膛。一失足成千古恨，不知道我到底会堕落到何种地步。

堀井敬三将车停在新宿的一条巷子里，两边鳞次栉比地排列着霓虹灯闪烁的店铺。

“我们走吧。”

说完，堀井敬三抓起我的手就往车外走。从踏板上下来时，我的膝头微微颤抖了两下。

“来，好好抬起头……挺胸，像梦露那样……”

一长串霓虹灯在泪眼中显得有些模糊，我赶紧用指尖按了按眼角，试着遵照他的命令去做。否则我又能怎么办呢？

“对，对，很棒，非常棒！”

面前这个哧哧窃笑的男人令我恨得咬牙切齿。

左边是酒吧，右边也是酒吧，从这些一家挨一家排成一排的店里，不时传出爵士乐和炸锅般的女人笑声。两个肩背吉他的男子先后进入酒吧。

走到一家亮着霓虹灯、名叫“BON BON”的酒吧前时，里面忽然冲出一个男人。看清此人面容的瞬间，我和我的同伴都惊讶得呆立原地。

天啊，这不是志贺雷藏吗?

他并没有认出我们，匆匆忙忙朝巷口跑去。敬三把我拉到昏暗处，我们一直目送志贺雷藏的身影消失在巷子尽头，不过对方头都没回一下。

“哈哈哈，戏越来越精彩了。史郎想调戏下根岸姐妹，志贺雷藏却反过来想勾引胖女人。音祢，就像我刚才说过的，争夺战已经拉开帷幕。大家都拼了。好了，咱们进去吧。”

BON BON 正面狭窄，纵向却非常深。左手边是吧台，五六个客人正坐在高脚椅上喝酒。右手边摆着三四张桌子，也坐着五六个客人。店内烟雾缭绕，震耳欲聋的爵士乐中，客人们肆无忌惮地喧哗。

进门左侧设有收银台，那儿候着个女人。敬三径自上前搭话：

“小雪，老板娘在吗？”

他的用语和声音都与平时截然不同。

“啊，是木下先生啊，欢迎欢迎。老板娘在楼上呢。”

女人仅朝我这边瞥了一眼，并没仔细打量便移开了视线，然后看看二楼露出意味深长的微笑。

敬三似乎在这里又使用了不同的名字。

“有客人吗？”

“是啊，刚走……老板娘这是怎么了？”

“累了吧。呵呵呵。”随后，敬三压低声音问，“小雪，还有空房吗？”

“有，中间那间……”

“那间也行。我有点儿事要跟这姑娘说。”

接过纸币递出钥匙时，女人又朝我扫了两眼。幸好这里的灯光也很暗，她不可能透过厚厚的妆容看清我的真面目。

“喂。”

堀井敬三使了个眼色。我跟在他身后，闹别扭似的耸着肩膀，尽力按照他指示的姿态走过吧台和桌子中间。羞耻感和屈辱感令我浑身着火般滚烫。

吧台和桌子间的走道尽头有扇门，门那边是卫生间和陡峭的楼梯。卫生间对面紧闭的板门通向后面的露天地面。登上楼梯，走廊的左侧有三个房间，靠里的两间没亮灯，最外面那间漏出些许光线。堀井敬三走进中间的房间，打开灯，然后又从内侧将门锁上。

“你把我带到这种地方干什么？”

我不知所措地从简陋的床上挪开视线，声音听上去简直要哭出来了。

“有什么关系？反正谁都没认出你是宫本音祢——妓女角色演得非常到位哦。更何况，我还想让你看看岛原明美是个什么样的女人呢。”

敬三冷不丁抱住我，使劲儿吮吸我的嘴唇，都把我弄疼了。接下来他解下我的围巾，却忽然又想起什么似的放开我，先走到一侧的墙边侧耳倾听，然后穿过房间到另一侧墙边倾听。

“咦，那家伙睡着了吗？”

堀井敬三略歪着头，思考了一会儿。

“音祢，你稍微等片刻。千万别出声。”

说完，他拧下开关，关掉灯，随即跳上床，神秘兮兮地活动了一阵，最终在距地板两米左右的墙上打开了一个四四方方的洞。隔壁房间的灯光顿时射了进来。黑暗中随即清晰地传来男人剧烈的喘息声和床铺的咯吱声。

“音祢……音祢……”堀井敬三压低声音快速地说，“别出声。你到这儿来，从这里看一眼。”

“你、你要干什么？”

“你别管了，过来……快点儿。”

我在黑暗中摸索着爬到床上，堀井敬三抱着我的腰，让我从小洞里窥视隔壁房间的情形。瞬间，我的心脏一下子跳到了嗓子眼。

隔壁房间的床上仰躺着一个接近全裸的女人，胸口上深深地扎着一把柄上缠了手帕的匕首。死者腰部以下盖着毛毯，但根据庞大的乳房和堆满脂肪的身段，一眼就能认出是岛原明美。

“音祢、音祢……”

目睹这一幕，我差点儿昏过去。堀井敬三紧紧地抱着我，此刻连他的声音也有些发颤。

“我不是说过嘛，争夺战已经拉开了帷幕。看，血淋淋的。”

爱恨交织

对于我们偷偷溜出BON BON酒吧、回到堀井敬三或称高头五郎的藏身之处的过程，我的脑子里只留下了寥寥的记忆片断。它们恰如忽明忽灭的霓虹灯广告，不可思议地闪烁着，富有刺激性，但缺乏连贯性。

当时最让我震惊的，是敬三这个男人的理性之强。片刻工夫，他便从惊愕中清醒过来，随即有条不紊地进行下一步，没有丝毫的慌乱和焦躁。

他首先堵上窥视的小洞，将原本挡在前面的画框重新放好。事后我才发现，里面镶的是女人的裸体照。接下来他抱着我下了床，打开灯，弄掉床上的泥，将鞋压出的凹痕抚平，然后再次谨慎地环视屋内，最终把视线停在了我摘掉手套的手上。

“音祢，你没碰这里的东西吧？”

“嗯，没、没碰什么……”

“但保险起见，把那边你可能无意中碰到的地方好好擦一擦……要是留下指纹就糟了。”

可是我的手帕早在日比谷公会堂就弄丢了。没办法，我只好用长围巾的一角擦拭可能碰触的地方。这一举动引起了堀井敬三的注意。

“音祢，你的手帕呢？”

“掉在日比谷了。”

“你为什么不捡回来？”

“佐竹舅舅快追上来了，所以……”

“哦，这样啊。”

敬三也将他那边仔仔细细地擦了一遍。

“这样就没问题了。”

他把两手搭在我的肩头，用坚定的目光注视着我的眼睛。

“音祢，接下来的行动会很艰难。我们必须从这里神不知鬼不觉地溜出去，当然不可能走正门，因为现在时间还太早。楼下有道后门，你看见了吧？我们就从那里出去。振作点儿，冷静下来……没问题吧？”

“嗯，只要你陪着我……”

这句话的确是我当时的心声。对于再次被卷入始料未及的杀人案、吓得簌簌发抖的我而言，此刻的敬三是最值得依靠的人。

“好，那我们走吧！”

熄灯来到走廊后，敬三关上房门并锁好。我们经过发生杀人案的房间前，正要踏上楼梯，敬三忽然停住脚步，将手指按在嘴唇上。原来是有人进了卫生间。

等那人出来，走向店里，敬三说：“你在这里等着，我先行一步去把后门打开。”

“你可不要丢下我自己走啊。”

“说什么呢，傻瓜。”

男人大步走下楼梯，身影很快消失了，但片刻之后他便折返回来向我示意。我飞跑下楼，几乎跌进他的怀里。

我们穿过狭窄的露天空地，钻进车内。车子驶出时，我顿时感觉全身的每一处关节都要散架似的，无精打采、筋疲力尽地瘫在坐垫上，闭上了眼睛。

“求你了，把我送回去吧。”

“哈哈哈，还早着呢。咱们不是说好了十一点之前送你回家嘛。”

听他这么说，我立刻看了眼手表。天啊，怎么才九点四十！如此说来，跟这个男人碰面之后才过了一小时四十分钟，我却觉得像无比漫长的影片在不断回放般难熬……

“我们接下来要去哪儿？”

“去我的藏身之处，音祢。”

“啊？”

“我本来没打算上 BON BON 酒吧的二楼，只想让你看一下岛原明美的真面目就离开，但幸好去了。因为这让我下定了决心。”

“下定决心？”

“和你生死与共的决心啊。”

我沉默不语，咬着嘴唇。厌恶与依恋，爱与恨，种种不可思议的丝线纠缠在一起，让我的大脑混乱不堪。

“音祢，怎么不出声了？为什么不回答我？”

“喂……”我故意转换话题，“杀死那个人的，是志贺雷藏吗？”

“谁知道呢……恐怕事情不是这么简单。”

“为什么？”

“为什么？音祢，后门上的搭扣可是开着的，所以也可能是其他人在志贺雷藏离开后进了那个房间，杀死岛原明美再从后门逃掉。难道志贺会……他的长相恐怕那边店里的人已经看得一清二楚了。”

“你、你不要紧吧？”

“什么不要紧？”

“店里的人不是也认识你吗？”

“噢，你说这个啊。他们只认识从事黑市买卖的木下先生，任何人都不知道我的真面目。”

我在后视镜中看到的那张脸与高头五郎和堀井敬三的截然不同，它属于一个四十岁左右的文弱男子。

“你到底是什么人？”

“我？我就是这样的男人啊。对了，音祢，刚才的问题你还没回答我呢。你觉得我怎么样？”

"我……我从那时候就已经明白了，知道自己逃不出你的掌心……"

"谢谢。"

男人简短地低声回了一句。此后，我们俩便不再言语，车子在黑暗中疾驰而去。

虚幻之塔

关于堀井敬三的藏身之所位于何处，因为是晚上，我并没认出明确的地点。更何况我也没精力顾及这个。但我记得途中经过赤坂见附，在右手边看到 NHK 电视塔的标志灯后不久就到了目的地，所以应该在溜池附近。

虽然夜里看不真切，也能辨别出杂乱无章的马路旁有一个相当大的车库，里面停放着一台似乎出了故障的汽车。堀井敬三巧妙地将车停到车库的角落里。听到动静，里面走出来一个三十岁上下的女人。

"哎呀，老爷，您回来啦。"

"啊，小百合，大约三十分钟后我还要出去，车这样放着就行了。来，你下来吧。"

我战战兢兢地走下车，女人好像这才注意到我。

"哎呀！"

"哈哈哈，小百合，干吗呢？你这样毫不客气地盯着这姑娘看，她会不好意思的。别看她这身打扮，还完全不谙世故呢。好了，我们走吧。”

穿过车库走到里面，除了通往二楼的简陋木质楼梯外，还有向下的混凝土楼梯延伸到漆黑的地下室。男人拧下开关，打开了通往地下的楼梯旁的灯。

楼梯下，混凝土走廊冷冰冰地通向深处，眼前是一扇坚固的门。这扇门不仅是双层构造，而且加了隔音装置，进去把门一关，我们立刻与外界的声响完全隔绝。

冰冷的战栗再次令我的膝盖颤抖起来，勒得我的心脏生疼。

“这里就是黑市中间商山口的秘密根据地了。来，坐吧。”

“山口？”

我不由自主地鹦鹉学舌般问道。在 BON BON 酒吧时他明明还自称木下……

“没错，山口明是我在这里使用的名字。别管这个了，坐吧。”

我站在原地，环视四周。这里看上去像一间用来进行业务商谈的办公室，除了一张圆桌，还有一张大办公桌，上面摆着记事本和账簿之类。看到这个房间内了无情趣的布置，我顿时感到松了一口气。然而就在这个瞬间，我从半开的门缝瞥见了隔壁房间的情形，心脏又猛地跳到了嗓子眼。

在微弱的灯光下，铺着柔软羽绒被的床的一角映入我的眼帘……

“来，音祢，把这个喝了。”

在房间角落的橱柜前摆弄什么的男人朝我回过头，手里拿着两只盛着鲜红色液体的玻璃杯。

“我，喝不下。”

“为什么？”

“觉得胸口很难受。”

“哦，是吗？那让我来帮帮你吧。”

男人把玻璃杯放到圆桌上，忽然抱紧我，送上一个强有力的、激烈的、几乎令我喘不过气来的吻。然后他放开我的身体，不出声地微笑着说：“怎么样，这下喝得下去了吧。哎呀，酒的度数很低的。干杯！”

由于内心煎熬，我一口气喝干了杯中的酒，有气无力地瘫坐到扶手椅上，心底有一团炽热的火喷涌而出。

“你、你到底要把我怎么样？我想早点儿回家……”

“早着呢，不是才十点嘛。何况我们还没有商量今后的作战策略呢。”

“作战策略？”

“音祢，你还没明白吗？你今晚八点钟可是甩掉朋友离开了日比谷公会堂。而且，你十一点多才回到麻布六本木的家中。但在这段时间内，你继承遗产的竞争对手之一岛原明美竟遭人杀害。而且曾有个自称木下的黑市中间商带着一个可疑女人进入岛原明美被害的隔壁房间，此后却踪影全无。警察大概不会发现那个女人就是你，但作为关系人，他们恐怕会详细调查你今晚八点到十一点前后的行踪。你准备怎么回答呢？”

“你……”

“所以我说咱们有必要在这儿商量下作战策略啊。音祢，你刚才不是说已经明白自己逃不出我的掌心了嘛。”

“没错……”

“很好。我也绝对不会离开你，在百亿元遗产到手之前。”

那时，堀井敬三的微笑隐约带着仿佛滴着鲜血的压迫感。

“而且，你也需要我。互相残杀已经开始了，况且你的竞争对手都有男人撑腰。笠原薰有你舅舅佐竹建彦，海伦根岸和玛丽根岸有志贺雷藏，佐竹由香利有鬼头庄七，他们哪一个都不是吃素的。尽管岛原明美被干掉了，那个叫古坂史郎的小混混可不是省油的灯。自从见他现身红蔷薇剧场，我就知道，他绝不会因为岛原明美被杀而满不在乎地善罢甘休。明白了吗，音祢？所以说你需要我这样强悍又聪明的男人。我们为什么不结为同盟呢？”

如果理性考虑，和这种恶棍结为同盟当然令我厌恶至极。然而，那时的我却不由自主地生出一股想依赖这个男人的强烈冲动。

“对了，我们要研究一下今晚的不在场证明。在商量这个之前，我想先给你看样东西。”

男人谨慎地打开上锁的办公桌抽屉。

“音祢，之前你有没有在什么地方见过这样的照片？见过上面的实物当然更好。”

男人拿出来一张照片。我刚把视线移到上面，便毫无来由地感觉到一阵锥子刺入背脊般的战栗。

照片上是一座耸立在山丘前的三层宝塔，好像是阴天拍摄的，莫名朦胧阴暗的画面让人不禁以为它在暗示这座塔背负的不祥命运。

然而，我浑身颤抖并不仅仅是这个缘故。这座塔我隐约觉得曾在什么地方见过。是什么时候，在哪儿呢？但答案被遥远而陈旧的记忆烟幕团团围住，现在的我根本想不出来。

三首塔的由来

“音祢，你知道吧，这座塔在哪儿……音祢，知道的话就快点儿告诉我。”

男人的声音里透出一股非比寻常的认真劲儿和强劲气魄。可是我该怎么回答呢？

“我……之前确实在什么地方见过这座塔，但到底是哪儿不记得了……”

“音祢，音祢，你再好好想想。一定要想起来。这座塔对我们来说……不，和你的命运有重大关系。”

堀井敬三将双手搭在我的肩头使劲儿摇晃，表情看上去跟疯了一样。在任何场合……即便在杀人现场，他也能镇静自若，沉着应对。现在看到他失去冷静，我没有感到不可思议，而是呆若木鸡地重新审视眼前这个男人。

“可是想不起来啊，我只是隐约感觉见过这么一座塔……连是否真的见过，我都无法断定。就算见过，也是在很久之前我小的时候。”

“音祢，你果然见过这座塔。听我说，音祢，人是不可能彻底清除记忆的。它不过是被关在你的记忆深处罢了。所以，音祢，你一定要想起来……虽然不是非得现在不可，但你一定要努力尽快想起来……”

“嗯，其实……我自己也非常在意这座塔。”我一脸不解地望着弥漫在男人脸上的悲痛之色，“对了，这座塔是……”

“这是三首塔啊。”

尽管听到的答案在意料之中，这个不祥的名字钻入耳中的刹那，我还是不由自主地打了个寒战。

“为什么要起那么吓人的名字呢？”

“这座塔里啊，供奉着三个木雕头像。一个是你在美国的亲戚玄藏，一个是被玄藏杀害的武内大贰，还有一个是身背杀害武内大贰的罪名而被斩首的高头省三……”

我瞪着眼睛，许久都无法开口。不知为何，我觉得有一群恐怖的微生物爬遍了全身。

“武内大贰是谁？难道是先前说的那个想对我们下手的武内润伍的……”

“是的，没错。他是武内润伍的爷爷。听我说，你的亲戚玄藏杀了武内大贰后逃走了，但嫌疑落到了我……我和堂兄俊作的曾祖父高头省三身上，他是无辜的，却被判死刑，斩首身亡。”

“斩首身亡？”

“对。音祢你大概不知道，在日本，对死刑犯处以绞刑是明治[①]十三年以后的事。而这起案件发生在之前的明治十一年到十二年间。说起来，事情已经过去很久了。”

男人露出一抹泫然欲泣的微笑。

“对了，你的亲戚玄藏逃出日本以后，四处流浪了一阵子，最后扮成中国人到了美国，才有了今天的成就。功成名就之后，他开始对

①日本睦仁天皇在位期间使用的年号，时间为 1868 年到 1912 年。

昔日犯下的罪行感到恐惧。作为一点儿弥补，他将自己杀害的武内大贰的孙子——润伍接到了美国。如果润伍是个正经人，玄藏也就把自己的财产留给他继承了。但正如上次黑川律师所说，这家伙偏偏软硬不吃，只好把他赶回了日本。于是，玄藏又换了人选，开始考虑将自己的近亲宫本音祢，也就是你，和做了自己的替罪羊被斩首的高头省三的曾孙——高头俊作撮合成夫妻，然后把财产留给你们。”

“高头俊作是你堂兄，对吧？”

“嗯，是的。”

“为什么玄藏老先生选了你的堂兄而没选你呢？”

我本来打算充满嘲讽地伤他的心，谁知语气比预想的软弱许多。

男人毫无畏惧之色，微微一笑。

“这个嘛，大概因为我生性顽劣，玄藏看不上眼吧。”

说着，他又闹情绪似的冷笑了几声。

“这个我们先放一边。玄藏在昭和十二年时曾经回过一次日本。那次他建了一座三层的供奉塔，并将被他杀害的武内大贰、替罪羊高头省三和他自己的三尊木雕首级安放在里面，所以那座塔就被人称为‘三首塔’……恐怕就是那个时候吧，黑川律师可能也给你看过了，玄藏偷偷拍了自己中意的少男少女——高头俊作和宫本音祢的照片……”

“你为什么说那座塔和我的命运有重大关系呢？”

“这个现在还不能说。一旦泄露给我们的……不，你的敌人，将会造成无可挽回的局面。所以，我们必须尽早找到那座塔的下落。”

“可是……可是……你怎么会这么清楚事情的来龙去脉？”

“我吗？我可是无所不知。音祢，你不觉得只要想想那上百亿的财产，任何事都有必要了如指掌吗？”

我不禁感觉一股寒意再度蹿过背脊。

“这张照片为什么在你手里？”

“这个嘛，是高头俊作从玄藏那儿得来的，他从小就当宝贝似的珍藏。音祢，俊作的左臂上有你们两人名字的刺青吧？那也是玄藏作为日后的标记刺的。他以为这样，别人就无法冒充俊作了。看来他非常喜欢你们啊。”

突然之间，一个可怕的疑问在我脑中绽出火花，我霍地站起身。

“啊，我明白了。所以你杀了自己的堂兄，对不对？而且还抢走照片。没错，肯定是这样！浑蛋！浑蛋！你果真是杀人凶手！”

“音祢，不管我是不是浑蛋，你终归是需要我的。好了，过来。已经没有多少时间了。我们到旁边的房间去商量下怎么制造今晚的不在场证明吧！”

“不要！”

“不要？”

“今晚你就饶了我吧……”

“哈哈哈！音祢，你嘴上这么说，可身体已经在渴求我了。你已经对我着迷了，虽然死不承认……好了，来吧。我们得用身体向彼此山盟海誓。”

男人将三首塔的照片丢回带锁的抽屉，然后走近浑身麻痹般呆立原地的我，轻轻把我抱了起来。

啊，我又得陷入怀孕的恐惧与不安中了……

染血的手帕

那之后过了四十分钟。

出租车停在麻布六本木朝向上杉伯父家的拐角处。我刚下车，黑暗中冷不防走来一个男人。

“你是宫本音祢小姐吧？”

做贼心虚这样的词大概就是用在这种时候。怀有隐情的我本能地觉察出对方是警察。虽然胸口里扑通扑通地跳个不停，我还是尽量若无其事地回答：“嗯，我是宫本音祢。您是……”

“我是警察，一直在等你回来。喂，说你呢，”警察转向出租车司机，“你从什么地方载这位小姐回来的？”

“呃，是从有乐町……”

“有乐町？没记错吧？把你的驾照给我看一下。”

“是。那个……先生，出什么事了吗？”

“没你的事，把驾照给我看看。”

“好的……”

司机拿出驾照，警察一边用手电筒照着贴在上面的照片，与司机本人的相貌比对，一边问：“你姓新野？新野，你在有乐町载上这位小姐的时候大概是几点？”

“几点啊……”司机看了眼手表，“现在是十一点十分，应该是十一点五分之前吧。因为是晚上，开得比较快。”

“那时候这位小姐是独自一人吗？”

“嗯，只有她一个人。当时她正从数寄屋桥那边朝日比谷方向走，我打了声招呼，她就立刻上了车……先生，有什么可疑之处吗？”

这名司机不愧是浑蛋堀井敬三的手下，那疑惑不解紧锁眉头的表情演得逼真极了。警察没有回答他的问题，而是在笔记本上记下司机的姓名与车牌号。

“现在你可以走了。但我们可能什么时候还会找你问话，你做好心理准备……”

“好的，明白。那先告辞了。”

出租车离开以后，警察重新朝我转过身。“失礼了。因为又出了点儿状况……我陪你回家吧。”

“好的。那个，您说出了点儿状况，是指……”

“呃，你回去自然就知道了。”

从那个街角到上杉伯父家有一百米左右。和警察并肩走着，我的心绪一片烦乱。

肯定是BON BON酒吧的杀人案被发现了。即便如此，警察怎么会这么快就找到了这儿？难道我在那个房间里落下了暴露身份的东西？还是说有关这件案子，警方特别在意我的一举一动……

回到上杉伯父家，我发现无论大门口、玄关还是会客室，到处灯火通明，似乎来了很多人。

“警察先生，我家出什么事了吗？”

“没有，请不必担心。大家都心焦如焚地等着你呢，咱们赶紧到会客室去吧。”

我在玄关脱下大衣，走进会客室。一刹那，我感到自己脸上血色尽失。

在场的有上杉伯父、品子阿姨、等等力警部和两名警察……这些人都在我意料之中。但除此以外还有一个人——就是那个小学徒模样、头发乱蓬蓬的金田一耕助，竟然也在煞有介事地等我回来！

我想起刚才堀井敬三或称高头五郎反复叮嘱过的话。

千万小心金田一耕助……别被那个男人的外表骗了……那家伙虽然长得寒碜，可是个不好对付的人物……我们假若一败涂地，必定是栽在他手上……

“音祢，你到底去什么地方了？现在才回来！”

我面色苍白，一声不吭地呆立原地。上杉伯父质问般的口吻里透着平时没有的严厉。

“伯父，对不起。我不知不觉就……”温和的伯父从未对我这么严厉，泪水顿时不由自主地涌上我的眼眶。

一旁的品子阿姨帮我解围：“诚也，你也不用那么凶嘛。音祢呀，到这儿来。”

“嗯……”

“刚才呢，这些警察先生来这儿询问你的情况。我想着音乐会也该结束了，就往河合小姐那儿打了个电话。河合小姐却说你已经回家了，原话是这么说的：‘宫本八点之前说身体不舒服，就从公会堂回家了。’所以我也好，诚也也好，都非常担心你。音祢，这么久你到哪里去了？”

“阿姨，对不起。要说去了哪儿，其实我只是在银座闲逛……”

“小姐，”从旁插话的是等等力警部，“你说只是闲逛……但你离开日比谷公会堂可是在八点钟以前啊。而现在已经十一点多了，你闲逛了三个多小时？”

“不是的……我还去电影院看了场电影，后来去了一家咖啡馆……阿姨，难道又发生了什么……”

“音祢！”忽然，伯父语气强硬地插话道，“你的手帕呢？手帕到哪里去了……”

“手帕……”

“哎呀，音祢，听这些人说，今晚在某个地方又发生杀人案了。扎进被害人胸口的匕首上缠着条手帕，而那条手帕是……”

那幕可怕的场景顿时在我脑海中苏醒过来。浑身堆满脂肪的岛原明美的胸口上深深地扎入一把匕首，匕首的柄上缠着手帕……

“伯父，那条手帕是……”

“啊，警部，能不能请您把那条手帕拿给音祢看看？”

警部和金田一耕助明显打算在使出这最后一招前更详细地确认我的不在场证明。伯父的贸然请求让他们非常为难似的皱了皱眉，但在伯父的催促下别无选择，警部拿出了手帕。瞬间，我如遭五雷轰顶。

手帕一角绣着“Otone M.”的字样，很显然是我今晚掉在日比谷公会堂的那条，上面还沾着湿漉漉的血迹。

伪造不在场证明

啊，对我来说，这条手帕带有双重意味。我恐惧至极，深受打击。

一是自己的手帕被用在了不祥的凶杀案中，另外就是究竟谁捡了它并加以利用……啊，莫非岛原明美是建彦舅舅所杀……

“音祢啊，你要振作些。你把这条手帕落在什么地方了吧？然后被人捡去利用了，对不对？我明白，所以你用不着那么担心。”

听着和蔼而一无所知的品子阿姨的话，我这才感到自己罪孽深重，一股剜心般的悲伤袭来。我用双手紧紧掩面。

“小姐，我们也绝对不是在怀疑你。就像刚才老夫人所说，你有没有把这条手帕落在哪儿呢？”

听到等等力警部的询问，我抽抽搭搭地哭着点了点头。

“这样啊。那么掉在哪儿，你还记得吗？哦，还记得啊。是哪儿……”

“我走出日比谷公会堂的时候，掉在了正面台阶的下方……”

用品子阿姨给的手帕擦干眼泪后，我毅然抬起脸。一味地抹眼泪是没用的。我必须时刻留意金田一耕助的脸色变化。

“那么，小姐，既然清楚手帕掉在哪儿，为什么没去捡回来呢？”

啊，这个问题我该怎么回答？如果实话实说，大概会害得建彦舅舅遭怀疑。

或许捕捉到了我脸上浮现出的为难之色，金田一耕助往前探了探身，说：“小姐，你从公会堂出来的时候，你的朋友在哪儿？她们有没有送你到门口？”

“嗯，河合和桥本都出来送我了。”

一名警察闻言立即站起来，向品子阿姨打听了河合的电话号码，走了出去。

“对了，小姐，你刚才说去过电影院，对吧？还记得电影院的名字吗？”

“这个嘛……”

我歪着头，装出回忆的模样，其实心里扑通扑通直跳。接下来就要开始与金田一耕助的对决了。

“我并不是很想看电影，只是想着去电影院不会被其他人看到，可以一个人静静待着……话说回来，那家电影院好像在新桥附近。”

“不好意思，请问你有没有剧情介绍之类的东西呢……”

我从玄关拿来大衣，从口袋里掏出一本颇具艺术气息的精美介绍手册，递给金田一耕助。

他漫不经心地翻阅了一下。“请问你大概是几点进电影院的？”

“这……我出了公会堂之后，原本想直接回家，可是发生了点儿不愉快的事……”

“不愉快的事是指——”

金田一耕助心急地从旁边打断了等等力警部的问题：“不，不，小姐，请继续往下说。”

“好的。那个……我有些心烦意乱，想着去银座走走或许会平静下来……逛着逛着，就生出进电影院的念头了……进去的时候可能在八点半到八点四十之间吧。”

“这样啊。那你在里面待了多久？”

“……大概只有十到二十分钟。时间这么短是因为电影院里发生了骚乱。”

“什么骚乱？”

“嗯……里面好像混进了扒手。有位观众喊‘有扒手’，大家哇啦哇啦地嚷着，全都站了起来……我觉得很讨厌，就离开了电影院。对了，那时候我看了眼手表，刚好九点整……”

“是吗，后来呢……”

“后来我又在银座晃来晃去，从尾张町一直走到有乐町。当时我就想，这次我可要回家了。但没想到的是，又发生了一件怪事……”

“什么怪事？”

“我正心不在焉地从有乐町的高架桥下往日比谷的方向走，身后忽然冲上来一个人，把我的手提包抢走了……”

“哎呀！音祢，可你的包不是还在吗？”

“没错，阿姨。这是……在那儿擦鞋的孩子帮我找回来的。当时我早惊吓过度，连声音都喊不出来了，腿也哆嗦个不停。但很快，在旁边擦鞋的孩子腾地站起来就去追那个抢包的男人，没过多久就找了回来。”

“原来是这样。之后你就直接回家了？”

“没有。那个，我不想带着那么难看的脸色回家……后来，我给了那孩子一点儿钱，算作谢礼。”

“你给了他多少钱？”

“五百元。”

“哦。那接下来呢？”

“之后我又回了尾张町……一而再再而三地碰上倒霉事，我心里烦透了……走到尾张町，我在路边呆站了一会儿，然后又折返往有乐町走。半道上发现一家装修雅致而且没什么客人的咖啡馆，就进去喝了一杯苏打水。”

“那家店叫什么名字？”

“这个……店名我倒是没在意……”

“按照从尾张町到有乐町的方向，是在路的右边还是左边呢？”

“右边。店面很小，只有一个十七八岁的女孩。对了，我记得好像在药店的隔壁……”

“离开那家店之后呢？”

“嗯，我漫无目的地走到数寄屋桥，就遇见了刚才那位出租车司机，他问我要不要打车……”

刚才在外迎接我的警察正就这一点向警部做说明，出去打电话的警察回来了。他压低声音对等等力警部耳语了几句，警部立马挑起眉毛，转过身来朝我说：“小姐，这种时候你最好一五一十地把所有事情都交代清楚。”

“啊……”

“刚才，我们给你的朋友河合小姐打电话了。她说你在日比谷公会堂的正门口遇到了某位熟人。那人朝着你亲切地喊了声‘音祢’，但你看了对方一眼，就逃也似的跑下了台阶。而且当时你把手帕掉到了地上，叫你的那个男人捡了起来……河合小姐是这么说的。那个人到底是谁？”

“呃……他是……”

我的脸上不知不觉间冒出了油汗。这绝对不是在演戏，我完全陷入了进退两难的境地。如果可以，我不想说出建彦舅舅的名字。

“音祢，”对面传来上杉伯父温和的声音，“这件事非常重要，你老实回答警部的问题。那个男人究竟是谁？”

“是，伯父……他、他是建彦舅舅。”

警部与金田一耕助飞快地对视一眼，认可般点了点头。

“呀，音祢，是建彦的话，你根本没必要逃啊。”

“不，阿姨。要只是舅舅一个人，我就不会逃了……”

“他带着同伴吗？”

“嗯，和那个演惊险杂技的小姐一起……我觉得让朋友看到也挺尴尬的，心里很不舒服……其实我知道手帕掉了，但实在不想被他缠住……”

最后，我用手帕按了按眼睛。恰在此时，我看到金田一耕助将从我手里拿到的电影院的介绍手册非常慎重地装进了公文包，他这个举动令我心头猛地一颤。

警报来临

啊，我变成了一个多么邪恶、多么可怕的女人啊！竟然在恩重如山的伯父、品子阿姨，办案娴熟的警部，以及连堀井敬三那样的恶棍都畏惧的金田一耕助面前，撒下那样的弥天大谎！

当然了，那些谎话都是堀井敬三一句一句灌输给我的，电影院的介绍手册也是他提前帮我准备好的。不过，等后来我所说的“不在场证明”全部得到证实，我才第一次切身感受到这个男人的可怕。

在我宣称进过的新桥附近的电影院里，八点五十左右真的因为扒手发生过一场骚动。在有乐町的高架桥下面，大概九点半时也确实发生过一起抢劫事件，擦鞋少年追回了年轻女子的手提包，此事半点儿不假。而且，那名擦鞋少年还当着我的面一口咬定他救的小姐就是我。

更令人吃惊的是，从有乐町到尾张町途中的咖啡馆“蓟”的一个名叫胜子的女服务员当面指证：将近十点半的时候，有一位小姐进了店里，喝了一杯苏打水，呆坐了差不多二十分钟。她记得清清楚楚，那位小姐就是我。

从这些地方也可以看出，那个名叫堀井敬三的男人势力范围何其广。不用说，无论擦皮鞋的少年，还是咖啡馆的女服务员，肯定都被那个男人收买了。

他提前为我安排了不在场证明，这是唯一的可能。那么，他不仅派人在电影院制造了扒手骚动，还导演了在有乐町发生的抢劫事件……啊，假如这些都属实，他是多么可怕啊……简直是个无懈可击的坏蛋！而此时此刻，我的身体和灵魂通通成了他的目标……

且说 BON BON 酒吧老板娘岛原明美被害第二天，早报大肆报道了一番。事到如今，百亿元遗产的继承问题成为众所周知的事实，这一点使得此次案件引起了轩然大波。

围绕百亿元遗产，恐怕会重复上演骨肉相残的杀戮悲剧……甚至有报纸委婉地提出了此类看法。

提到这个，建彦舅舅的事令我很伤脑筋。但意料之外的是，舅舅的嫌疑轻而易举就被消除了。他说的确捡了我的手帕，但后来放到公会堂走廊的扶手上了。关于这一点，好几个人都可以做证。而且他当晚的不在场证明也得到了确认。

如此一来，警方便将着眼点锁定在案件发生前一秒与岛原明美同床共枕的男人身上，虽然警方还不知道那人是志贺雷藏。另外还有租下岛原明美遇害的隔壁房间后，消失得无影无踪的自称木下的黑市中间商和同行的女人。这三个人成了怀疑的焦点。

啊，伯父，品子阿姨，对不起。我实在对不起你们。音祢已经堕落了。我尝到了男人的味道，而且已经无法离开他了。请原谅我，伯父，品子阿姨……

我夜夜伤心流泪，诅咒自己一步步堕落下去的命运。

只是，即便为了保全伯父的名誉，我也必须死死守住这个秘密。

然而这样的努力终究化为了泡影，那一天还是来临了。

那是岛原明美被杀后第五天的晚上，七点左右。女佣阿茂说，河合小姐打来电话。我接过来一听，电话里的声音并不是河合的。

“那个，您是音祢小姐吗？是音祢小姐没错吧？我先提醒您一下，听到我接下来说的话，请千万别大喊大叫或慌了手脚。我是百合子，小百合……您还记得吧？”

听着女人连珠炮似的说话声，我的脑子里一下子闪现出那个仓库里的女人的名字，握着听筒的手不禁颤抖起来。

“嗯，那个……记得是记得。”

“啊，是吗。那么请小姐您现在立即离开家，到新桥站的西出口等着。老爷……山口老爷会去接您……好吗？不要让任何人起疑……沉着、冷静……您听明白了吗？”

“呃，河合，我明白倒是明白了，可为什么忽然做这种事……”

“现在您的处境非常危险，请尽快走出家门……我没有时间跟您多说了，尽快，尽快，越快越好……再见。”

我还想再问点儿什么，对方却就此挂断了电话，咔嚓一声震得鼓膜生疼。

膝盖在簌簌发抖，舌头抽搐，心脏则一个劲儿地怦怦狂跳。我手里握着听筒，呆若木鸡，双目圆睁。

这时，玄关的门铃响了，紧接着阿茂急匆匆地走了进来。“小姐，等等力警部和金田一耕助先生来访，请您到会客室去……”

阿茂身后跟着两名有些眼熟的刑警，他们用极其谨慎的目光监视着我。

啊，我已经走投无路了。

第三章　暴露

暴露

我本想尽可能镇静自若，但只看了会客室里面一眼，膝头就开始颤抖，双颊的肌肉也异样地发僵，无法克制。

会客室里，上杉伯父和品子阿姨与等等力警部和金田一耕助以两军对垒的架势相对而坐，四周弥漫着沉闷而险恶的氛围。

不过，我对此早有心理准备。此等程度，我还是有足够的定力来应付的。尽管如此，扫视会客室内部的情形后，我终究被无力回天的绝望感击垮了——金田一耕助脸上的表情说明了一切。

与我视线相交的刹那，呈现在金田一耕助脸上的既非胜利的光辉，也非嘲弄的神色，而是令人痛心不已的怜悯之情。他仿佛为自己出现在那里感到无地自容，从我脸上移开了视线。

这一举动尖锐地刺穿了我的心脏。我不喜欢接受敌人的怜悯，自尊心不允许我这样做。与其如此，不如被这个男人嘲笑、愚弄，不知道会让我轻松多少倍。

可与期望相反，金田一耕助当时对我确实是动了恻隐之心。而且从他的表情中，我清楚地读出，今天这些人登门拜访，十有八九是掌握了非比寻常的证据。

“呃，伯父、阿姨，找我有什么事吗？”

“啊，音祢呀，到这儿来。这几位先生说又有一些事情想问问你。”

这样柔声招呼我的是品子阿姨。伯父愁眉苦脸，一口接一口地吐着烟圈。

“好的……”我战战兢兢地坐到品子阿姨旁边，伯父忍无可忍似的在烟灰缸里摁灭烟蒂。

“哎，警部，难道你们准备这么随随便便地嫁祸于人？三番五次地传唤一个年纪轻轻的姑娘……您不觉得，这种行为本身对她这个年纪的孩子来说就是一种拷问？”

“哪、哪儿的话。我们也只是希望小姐坦白交代而已……”

等等力警部面露难色，但从沉着冷静的态度上能感觉出他的自信，我不由自主地又缩了缩身子。

“坦白交代？”上杉伯父愤怒得声音发颤，“照您的意思，音祢说谎了，她有所隐瞒，对不对？”

“呃，不、不是的……这正是接下来我想问宫本小姐的。只要她能证明自己是清白的……”

“证明自己是清白的？您是说音祢做过什么亏心事？”

“好了好了，诚也，你也不用那么咄咄逼人啊……我们暂且先听听这些先生的话……只是音祢应该不会……音祢啊，不要紧吧？”

“嗯……”尽管嘴上这么回答，可由于心里满是对伯父和品子阿姨的歉疚，我的胸口憋闷难受。伯父盯着我的脸看了好一会儿，才将视线移向别处，之后便板着脸沉默不语了。

“那不好意思，我们就问问小姐了……”

警部略微调整了一下坐姿，将矛头指向我。

“小姐，你知道新宿有家叫‘BON BON’的酒吧吗？”

我的心咯噔猛颤了一下，但绝不能因为这点儿事就缴械投降。

“是的，那个……我知道。”

“你怎么知道的？”

“我在报纸上看到了……那个叫岛原明美的人在那儿被杀的事。”

一瞬间，金田一耕助与等等力警部飞快交换了下眼神，脸上又忽地掠过一抹怜悯之色。注意到这个细节，我一怔，心脏再次颤抖起来。

“呃，小姐，我问的不是这个意思。我想问的是，你有没有去过 BON BON 这家店……”

“荒唐！太不像话了！”

上杉伯父再次勃然大怒，愤然起身。

“您把眼前的音祢当成什么了?！提这么失礼的问题，不仅是对音祢，连我都觉得受到了侮辱！”

“好了，好了，诚也。别发这么大的火……你这样反倒吓着音祢了……我说，音祢呀，你好好回答警部的问题。你当然没去过那种地方吧？”

“嗯……”

“小姐，你当真没去过 BON BON 酒吧？”

“是的。”我再次斩钉截铁地回答。

上杉伯父似乎放下心来，这次用温和的语气说："警部，您为什么会怀疑音祢去过那种地方？手帕的问题上次应该已经解决了吧……"

"先生，关于这个啊，我们发现了一个有点儿奇怪的地方。"

警部没有把视线从我脸上移开，继续说道：

"投宿在岛原明美被杀的房间隔壁的那对男女神不知鬼不觉地就消失了，这件事我想先生您应该也从报纸上看到了……我们猜测那两个人和此案有关，于是仔细地搜查了一遍那个房间。我们努力采集房内留下的指纹。但不可思议的是，那个房间竟然连一枚指纹都没有。您不觉得这有点儿不自然吗？那样的地方，应该有形形色色的客人不断进出，留下乱七八糟的指纹才符合常理。然而一枚都没有，这说明有人……恐怕是那对男女将所有的指纹都擦掉了，这是我们能想到的唯一可能。换句话说，此番举动意味着那对男女与本次的案件有某种密不可分的关系。于是我们加大力度寻找指纹，最终在一个意料之外的地方有了收获。"

正当我听得忐忑难安时，一阵急促的敲门声从会客室外传来。

"那个……老爷，有一位自称堀井敬三的先生要见您，说是黑川律师派来的……"

土崩瓦解的不在场证明

堀井敬三……

听到这个名字的瞬间，我感觉自己紧张的身体顿时力气尽失。

这一刻，我比任何时候都更想依赖这个男人。

堀井敬三一定是担心我才赶过来，而且他想通过让我听到这件事，暗暗为我鼓劲儿。

自从他帮我制造出那么巧妙的不在场证明，我已经将他视为“超人”了。既然超人驾到，或许我可以逃过一劫。没错，绝不能在这里垮掉。必须稳住阵脚，想方设法渡过眼下的难关。

“哦，是吗……”伯父微微皱了皱眉头，“不巧我现在抽不出身……要么请他在那边等一下，要么请他改天再来吧。”

“他说等您。”

“哦。那你给他搬把椅子过去吧。”

说完，伯父重新转向警部。

“失礼了。刚才您说在一个意料之外的地方有所收获，是指……”

“事情是这样的。在那个房间的墙上，有个小洞可以窥探隔壁的房间——也就是岛原明美被杀的房间。至于为什么会凿出那个洞，这与本案没有直接的关系，我就不说了。为了遮住那个洞，上面盖着一个画框。我们发现画框的玻璃上沾有女人的指纹。”

啊，是吗！我再次陷入绝望的深渊。在黑暗中从小洞窥视的时候，堀井敬三曾将那个画框拿在手里，我也碰过。不仅我没有留意，连他也忽略了。啊，我已经走投无路了！

“您是说，那是音祢的指纹？”

伯父目不转睛地盯着我，脸上迅速闪过一抹可怕的神色。警部表情沉重地点了点头。

“音祢，这是真的？你怎么会……”品子阿姨也发出惊恐的叫声。

我感觉全身热量散尽，有如冰块。尽管如此，一个疑问仍残留在我脑中：他们怎么知道那是我的指纹？

“啊，关于这件事，上次小姐你不是带回过一份电影院的介绍手册嘛。上面有小姐的指纹，我们就顺手做了下对比，没想到竟完全一致……”

我气得火冒三丈，狠狠地瞪着金田一耕助。原来是这么回事！怪不得当时这个人无比慎重地把手册装了起来。

“音祢！”

短暂的沉默之后，伯父严厉的话语冷不丁炸裂。

“这都是真的吗？刚才警部所说都是事实吗？你真到那种地方去了？”

“哎呀，诚也，你先别那样咬住不放。是吧，警部？”

品子阿姨看向警部。

“上次的手帕，是音祢弄丢后被人捡去利用了，对吧？这次会不会如出一辙，有人为了嫁祸给音祢，把她的指纹弄到那里去呢？”

“哈哈哈，但老夫人，这可是指纹啊，和别的东西不同。在当事人不知情的前提下，他人擅自将其指纹带到别处，这有点儿说不通……”

“警部，我不这么想。那个画框有多大？”

“要说大小，高度大概有一尺。”

“是吗。看来画框是能取下来的喽？而且玻璃也可以从画框上摘下来，对不对？找一块带有音祢指纹的玻璃，应该不是多难的事吧？任何人都会在不经意间碰到玻璃之类的。把那样的玻璃弄到手，依照画框的尺寸裁切好，然后偷偷带到酒吧，与原来的玻璃对调……这似乎不是不可能的。您觉得呢？”

警部一时哑口无言，看了看金田一耕助。

我心里充满了对品子阿姨的感激之情，但并不觉得自己会因此获救。最重要的是，从品子阿姨异于往常的眼神中我也知道，连她本人都不相信这种说法。这令我痛苦不堪，十分愧疚。

等等力警部与金田一耕助低声讨论了一番，然后重新面向我们，说：

“既然老夫人这么说，就没办法了。那我们请BON BON酒吧的人来一趟吧。在酒吧收银台工作的小雪姑娘曾经和那个男人说过话。她说当时同去的女人就站在男人身后，如果当面辨认应该能想起来。先生，能借用下电话吗？”

警部亮出了最后的王牌，用多少带点儿威胁的口吻说完后，准备起身。

“啊，等一等。”伯父出声制止道，一脸的苦闷，“那人究竟是什么身份？报纸上说他貌似是个黑市中间商，那种人怎么会和音祢……”

“先生，这也是我们想问小姐的。BON BON酒吧只知道那人姓木下，是个黑市中间商，除此以外一无所知。假如小姐当晚去过BON BON酒吧，那么前些日子提供的不在场证明就都是虚构的了。为了谨慎起见，我们再次进行了调查，结果发现最有力的证人——擦鞋的少年和蓟咖啡馆的女服务员胜子自那之后全部去向不明。先生……”

等等力警部用余光扫了我一眼，然后从桌上猛地探出身子。

“能做出那么缜密的不在场证明，可不是件容易的事。这里面一定蕴含着重要的理由。但比起这个来，我们更感兴趣的是制造出如此完美的不在场证明的能力……实在令人佩服。哎，小姐，你能跟我们说说吗？那个姓木下的黑市中间商到底是何方神圣？他跟小姐你又是什么关系？”

啊，他们终于把我逼到了最后关头。金田一耕助、等等力警部和两位刑警都眼睛一眨不眨地紧盯着我的脸，伯父和品子阿姨的脸上也写满无以言表的恐惧与不安。

我感到全身的血液温度降到了冰点，不由自主颤颤悠悠地站起身。就在这时，房间内的灯忽然灭了……

错误的逃亡

那之后发生的事我没什么印象了，只记得那个瞬间脑子里闪现出来的念头——这一定是堀井敬三给我的逃跑暗示！开始泄气的我马上恢复了活力。

非常巧的是，我坐在离门最近的位子上。而且即便在伸手不见五指的黑暗中，我也对家里的布置了然于胸。我一口气冲出房间关上门，从外面插上插销。此前曾有小偷从会客室潜入，所以品子阿姨安了这个插销，没想到居然在这种时候派上了用场。

“音祢呀……音祢……”

夹杂着刑警们的怒吼，我身后传来品子阿姨近乎悲怆的呼喊。走到漆黑的玄关，忽然迎面撞上一个男人。“啊，谁?！”

男人麻利地交给我一双鞋。

“按照刚才电话中说的办……”

男人在我耳边低语。我拿着鞋穿过走廊，从厨房门跑到屋外，因为我担心如果从正门走，刑警会从窗户跳出来追我。匆匆忙忙地穿上鞋，从后门跑出去的时候，我仿佛听到了阿茂的声音。恰好那附近的小巷有如迷宫。我好似踩在云端，心里一点儿底也没有，从这条巷子进入那条巷子，好不容易正要跑上大路时，从后面传来脚步声，有人叫住了我。

“啊，请问您是不是上杉家的小姐？”

我吓了一大跳，回过头去。只见一个男人站在暗处，戴着鸭舌帽和墨镜，帽檐压得很低，围巾把整张脸都遮住了。

“啊，果真是上杉家的小姐。”

这亲切的口吻让我一心以为对方是堀井敬三派来的。

“您是堀……”

话刚出口，我立刻醒悟。

“您是山口明先生派来的吗？”

“是的，没错。他让我在贵府后面等您。请允许我一路同行。”

来到大路上，男人很快拦下一辆出租车。车驶出后，我顿时感觉全身的关节散了架般松懈下来，精疲力竭地陷入靠垫中。

啊，我都干了些什么啊！这下一切都无可挽回了……之前我也读到过，逃跑等于彻底承认罪行。我今晚的逃亡行动一定会出现在明天的报纸上。朋友们看到会做何感想呢？不，不，她们怎么想无所谓，只是……

“音祢呀……音祢……”

品子阿姨近乎悲怆的呼喊声一直在我耳边回荡。

要是周围没有人，我一定会号啕大哭。然而，现在还不是我哭的时候。无论如何，同行的男人一定不能引起司机的怀疑。即便如此，这个季节里我没穿大衣就跑出来，也有点儿不合常理。

男人让车开到涩谷，然后带我从那儿换乘地铁，到虎之门下了车。

“呀，不是到新桥吗？”

“不，我们得甩掉跟踪的警察。”

我们在文部省的拐角处搭上出租车，这次开到了东京温泉的前面。我们穿过银座的背街小巷，走到京桥，又在那里搭车。男人几乎没开过口，我也没有说话的气力。尽管如此，我还是禁不住在心底赞叹，真不愧是那个男人的手下，如此小心周到。

就这样又换了两三次出租车，我们最终抵达了牛込的江户川公寓。那里不是正门，而是旁边的侧门。因为时间已经接近九点钟了，附近一个人影也没有。见男人要进入那个小区，我略微吃了一惊。

“哎呀，我们不是去新桥吗？”

“不是的，我故意那么说的。山口先生正在这儿等您，我担心被人听到才那么说。”

我心乱如麻，根本没有精力思前想后，只一味地听他摆布，简直跟傀儡没什么两样。男人径直上了眼前第一栋楼的楼梯，我不带任何怀疑地跟在他身后。

幸亏途中一个人也没遇到。我们来到三楼，男人在一扇门前停下脚步，从口袋里掏出一串钥匙。在这个过程中，我不经意间看到男人把一只手放在门旁边。事后想想，这个举动是为了挡住门牌。打开门，他对我说：“请进。鞋子您还是自己拿着比较好。以免被人看见。”

脱鞋的时候我才发现，这不是我的鞋，而是一双新鞋。啊，这个男人想得多周到啊。他知道假如递过来的是我放在玄关的鞋，自己肯定会受到怀疑，于是提前准备了一双新鞋。想到此处，我再次觉得毛骨悚然。

这套公寓有三个房间，正中似乎是起居室。但在踏进第一步的刹那，我心中涌出某种难以形容的厌恶感。

这里明显是女人的房间。梳妆台上排列着装香料和香水的瓶瓶罐罐，架子上摆着法国人偶和博多人偶，一面墙上挂满了花哨艳丽的套装。不知为何，我感觉受到了强烈的侮辱。

“山口先生真的要我在这里等他吗？”

“不，不是这么回事。哈哈哈。”

听到跟在我身后进来的男人莫名其妙的话，我吓了一跳，回过头去。刹那间，我有如遭遇晴天霹雳，震惊得打了个趔趄。

摘掉帽子、眼镜和围巾后站在那里的，不正是红蔷薇剧场的经理、孪生姐妹根岸蝶子和根岸花子的金主志贺雷藏吗?!

巧克力罐

由于恐惧，我全身麻木，丝毫动弹不得，更不用提开口说话了。

这个男人不可能是堀井敬三派来的！我被骗了，毫无防备地落入了他的圈套。

啊，神啊，这样的刺激太强烈了！刚刚脱离虎口，又把我逼入这种困境，神啊，这太过分了，太残酷了！

“哈哈哈，不必那么惊讶。小姐，请坐。”

“你……你到底想把我怎么样？”

“哎呀，我只是想和小姐您好好谈一谈而已。啊，对了，在此之前，我必须先对您表达谢意……小姐，谢谢您那么护着我。”

“护着你？”

“哈哈哈，您不用再装得毫不知情。事已至此，我们就开诚布公地聊聊吧。好了，请先坐下，站着可说不了话。这里用不着拘束。”

志贺雷藏脱掉上衣，摘下领带，懒散放松地扑通一声坐到安乐椅上。他放在扶手上的左手手指上，有一枚粗大的金戒指在闪闪发光。

“请你修好积德，让我回去吧。我还有急事……”

“您指的是山口明先生在新桥等您的事吧？”

我不禁趔趄了两步，深深地吸了口气。自己的秘密早有一部分被这个男人握在手心里了。

“总之，小姐，我不会说难听的话，请您先坐下来。您很累了吧？脸色非常不好。房门我已经锁上了，钥匙在我的口袋里。而且小姐，警察不是还在追您嘛。”

我终于瘫坐在扶手椅里。

这个男人抓住了我的弱点。他知道现在的我根本无法大喊救命。啊，我真恨不得当场咬舌自尽……

“哎呀，您不用吓成那样，人与人之间就是要互帮互助嘛。怎么样，您要不要来一颗？”

这时，我看到桌子上有一个打开了盖子的巧克力罐，旁边散落着两三张颜色漂亮的巧克力包装纸。

“如何？这种时候吃点儿甜食，心情会好些。您不愿意吗？那我可吃喽。又没下毒。”

志贺雷藏往嘴里塞进巧克力。

“说实话，小姐，我还真是吓了一大跳呢。不，是起初根本没有发现——在BON BON酒吧门口看到您的时候。但我后来发现，报纸上说的形迹可疑的一男一女很可能就是我在酒吧前见的二位。考虑他们究竟是什么人时，我忽然意识到那女子正是不久前我在剧场门口遇到的那位。想到这儿，我害怕起来，确切地说是感觉毛骨悚然。因为我觉得自己仿佛被一个看不见的影子跟踪了。”

志贺雷藏又剥开一颗巧克力的包装纸。

“于是，我试着更加仔细地回忆当时那对男女的一举一动。他们去过红蔷薇剧场后，紧接着又去了BON BON酒吧。这样看，他们一定与遗产继承问题有关联。而与遗产继承有关的所有人员，上次已经在黑川律师那儿聚过了。我也应该都见过，却不记得有那样的女子。与笠原薰相比，她个头稍微有点儿小；与佐竹由香利相比，她年龄又大了些。不可能是蝶子和花子，而岛原明美那时跟我在一起。这样一算，剩下的只有宫本音祢……也就是小姐您了。您不知道我恍然大悟时有多震惊……我啊，从那名神秘女子留在我记忆里的容貌外面一层层剥去长围巾、玳瑁眼镜和妓女似的一脸浓妆后，最终发现她就是小姐您。那时我很吃惊，不，是相当震惊。但另一方面，我也非常高兴。”

志贺雷藏又往嘴里扔了一颗巧克力，一边咀嚼一边露出别有深意的坏笑。

“对于我们这种人来说，您是高高在上可望而不可即的。但看到您那副模样，我意外发现似乎并非如此，这给了我很大的希望。那个姓木下的黑市中间商究竟是什么来头，我不知道，但目前看来，和那个土老帽相比，我觉得自己还算不赖。怎么样，小姐，您意下如何？我这可不是开玩笑，说真的……”

安乐椅发出咯吱咯吱的声音，志贺雷藏似乎想站起来。我大吃一惊，抬起头看着他，吓得全身汗毛都竖了起来。

正如此前写到的，从相貌姿态上就能看出这个男人精力旺盛。眼下，他全身的精力在皮肤下愈加膨胀，几乎喷薄而出。无论额头、脸颊还是嘴唇，都被亢奋的情欲濡湿，瞳孔里也燃烧着残暴的火焰。

“……”

我下意识地发出无声的悲鸣，从扶手椅上跳起。但由于这个狭小的房间里到处都是乱七八糟的家用器具，我根本不能行动自如。

“哎呀，小姐，您不用那么害怕。我也是想向您致谢嘛，谢谢您没在警察那儿把我的事供出来。而且，我也想听您说说木下是何方神圣。不过呢，这些暂且搁在一边，先允许我向您道谢吧。这可是强壮男子对漂亮女子的回礼哦。”

我最终被志贺雷藏强有力的臂膀紧紧抱在怀里。我拼命挣扎抵抗，却不敢出声求救，这样的苦楚只能往肚里咽……令人窒息的男性体臭将我紧紧包裹，因欲火熊熊燃烧而狰狞的面孔直逼眼前。

“不要！不要！放开我……”

“好啦好啦，别说这种话了，来亲一下……”

啊，接下来究竟发生了什么？

“不要，求你饶了我吧……”

我使出吃奶的劲儿一把将他推开，男人哼哼地呻吟着，原本紧紧抱住我的手臂也顿时没了力气，像被抽掉骨头一般，软绵绵地滑到了地板上。

毒杀二重奏

志贺雷藏倒地的刹那，我根本不知道发生了什么事，有好一会儿只是茫然地呆立原地，后来才猛地回过神，跳过他的身体。

我一边整理乱糟糟的头发和衣服，一边朝玄关跑去。突然间，我想起志贺雷藏的话。他把门锁上了，钥匙在他裤子的口袋里。

我在走廊中间停下脚步，乌黑而绝望的墨汁从心底漫溢开来。我害怕返回志贺雷藏身边，但我必须拿到钥匙，否则无法离开这里。

像被拖拽着，我回到了起居室前。志贺雷藏趴在地板上，指甲深深嵌入地毯，仿佛要把地毯撕破。他肥硕的身体蛇一般剧烈地抽搐着，瑟瑟发抖。

我愕然立在原地。我的确用尽全力推了这个男人，可实在难以想象凭我一介弱女子的力量，会给如此大汉造成这么严重的打击。

就在我浮想联翩时，志贺雷藏唇边漏出微弱的呻吟："水……水……"随即噗地吐出一口鲜血。

看到这触目惊心的画面，我立刻想起一件事。庆祝上杉伯父花甲大寿的那天晚上，杂技演员笠原操就是在舞台上吐血而亡，那可怕的一幕深深印在了我的脑海中……她全身上下痉挛不止，宛如被剁成两截的蜥蜴尾巴，疯狂地翻滚着，一个劲儿地吐血……

我恍然大悟，将目光投向桌上的巧克力罐。五颜六色的巧克力包装纸此刻在我眼中变成了恶魔的花束。在志贺雷藏的劝诱下，本来我也可能吃那些巧克力。

“水……水……”

一直像蜥蜴的尾巴般抽搐不已的志贺雷藏再次虚弱地说道。我猛地惊醒，走出起居室，跑过走廊寻找厨房。我记得玄关前的那个房间看上去像厨房，于是冲进去打开了开关。

“啊！”

我万万没想到，在厨房白色的瓷砖上……还趴着一个女人！她穿着鲜艳的睡衣，外面罩了件更加华丽的睡袍，指甲似乎要嵌入瓷砖，而且瓷砖上还星星点点地洒着血滴。从扭曲的身体、凌乱的睡衣和睡袍来看，她临死前肯定遭受了巨大的痛苦。

我再次想起放在起居室桌子上的巧克力罐。

这个女人一定是在吃巧克力的时候开始难受的。她喉咙干渴难耐，于是爬到了厨房，但这已经耗尽了她的最后一丝力气。

我战战兢兢地看了看她的脸，霎时如遭电击般四肢麻木。

究竟是花子还是蝶子，我无法辨认出。但毫无疑问，地上的女人正是双胞胎中的一个。如此看来，这里应该是那对孪生姐妹的公寓。

我轻轻地摸了摸女人的脸颊，已经无可挽回了。不过……双胞胎中的另一个怎么样了？难道她也冷冰冰地躺在另一个房间里……

啊，神啊，太过分了！太过分了！再怎么样，眼前的现实对我也太残忍了。如果这种事一而再再而三地发生，我可怎么活！

我愣愣地凝视着白色瓷砖上撕扯得不像样子的华丽睡袍，过了许久才忽然想起志贺雷藏。对了，必须赶紧给那个人拿水喝。

我打开水龙头，伸过杯子，然而手一个劲儿颤抖，根本接不了多少水，好不容易才接了八分满。等我返回起居室，志贺雷藏已经完全静止不动了。

“志贺先生，志贺先生，给你水……”

我跪在志贺雷藏身边，轻轻抱起他的头。“啊！”我再次不由自主地惊叫出声，手里的水杯也掉到了地上。

由于志贺雷藏的鼻子已然被他吐的鲜血覆盖，他的整张脸全都是血，恐怖至极。我提心吊胆地摸了摸他的手腕，脉搏已经不跳了。

我简直要发疯了。跪在这个男人的尸体旁，我两手使劲儿揪着自己的头发。从傍晚起发生的一切，如零零碎碎的电影片段般陆续在我脑海中浮现又消失。

但没过多长时间，我再次强打精神。不管怎么样，现在我必须离开这里。光是 BON BON 酒吧的那件事，就足以败坏我的名誉了……不，不，自己的名誉倒是无所谓，上杉伯父恐怕也跟着名誉扫地了，而这件事如果再为世人所知……

我小心翼翼地摸索着志贺雷藏的口袋。摸索一个死人……尤其是死得这么凄惨的人的口袋需要相当的勇气，可我别无选择。

钥匙找到了。我把它握在汗涔涔的手心，来到玄关前。就在这时，上楼梯的脚步声和一对男女的笑声渐渐靠近。

逃离虎口

啊！有人来了……一股绝望感袭来，我感觉全身的力量如空气般逐渐散去。真想当场颓废地跪倒在地。

但已经打起精神的我知道，绝不能在这里灰心丧气。我赶紧熄掉玄关的灯，然后拎着鞋溜进厨房，手忙脚乱地关掉那儿的灯，僵立在黑暗中，死死屏住呼吸。

在黑暗中和尸体共处一室非常恐怖。我害怕尸体冰凉的手会忽地伸过来，抓住我的脚踝……我尽可能离尸体远些，蜷着身子躲在厨房的角落里。为防万一，我穿上了鞋。

这时，上楼梯的脚步声在门前停了下来。

“好奇怪呀，灯是刚刚才熄的吧？”

“大概是玛丽关的。”

“可是她应该听到我们的脚步声了啊。难道是阿花恶作剧？”

“会不会是老板来了？”

“老板来了不合适吗？”

“当然没关系。反正我们只是普通朋友，不是吗？”

“嘻嘻嘻，没想到史郎你的胆子还挺大。”

“我可不喜欢你显摆咱们的关系。”

“不要紧。那个人最近不知道怎么了，总是紧张兮兮，坐立不安的。”

我从两人你一句我一句的窃窃私语中，推测回来的是双胞胎之一和古坂史郎。看来岛原明美死后，史郎又在接近这对脱衣舞女郎。不多时，门开了，玄关的灯亮了起来。

“哎呀！”女人低低地叫了一声。

“怎么了，海伦？”

“老板的鞋……”女人小声说道。

男人沉默了一会儿，说："啊，果然来了。"

"你怎么了？"

"没办法喽。我是不会就这么回去的，至少也要请我喝杯水吧。"

"好吧，不好意思了。可是史郎，你小心点儿，不要惹那个人生气哦。他发起火来可吓人了。"

"嗯，没问题。我说是来探望玛丽的，可以吧？"

"嗯，就这么办。"

两人嘀嘀咕咕地串通好以后，蝶子用炸锅般高亢的声音喊道："阿花，我回来了，你身体怎么样了？"

当然不可能有回应，但蝶子并不介意，继续说："老板来了吧？史郎说来看看你，也跟我一块儿来啦。"

房间内依然没有回应。或许是真觉得奇怪了，蝶子在玄关处站住。

"好奇怪啊。难道出什么事了？"

"他们不会正在兴头上吧？"

"怎么可能……史郎，总之你先进来吧。"

史郎也脱了鞋，走进屋里。

"海伦，我好渴啊。这儿是厨房吧？我喝杯水。"

听到这句话，我的心一下子冻结了。史郎走进厨房，到处找电灯开关。从我这边可以看见他，但他没注意我。可是，一旦他找到开关……我感觉自己浑身都在冒冷汗。但谢天谢地，蝶子接下来的话拯救了我。

"别喝了。你这么磨蹭，老板反而会起疑。"

蝶子抓住史郎的胳膊，把他拉了出去。

“老板，欢迎您来。史郎来探望玛丽了。您认识史郎吧？”

“玛丽，你好点儿没有？我听说你感冒了……”

等两人的脚步声消失在起居室那边，我立刻从厨房跑了出去。幸好门没有上锁。当我溜出门外时，起居室传来蝶子和史郎的悲鸣，紧接着似乎是什么东西咕咚倒下的声音。

我竭力克制着不让膝盖颤抖得太厉害，跌跌撞撞地走到二楼，楼梯下站着一个身穿睡衣长袍的中年男人。我吓了一大跳，但这个时候不可能折返。他用怀疑的眼神打量着我。问：“出什么事了吗？”

“啊？那个……您指的是……”

“呃，我从刚才就听到楼上的房间里传来嘎吱嘎吱的声音。”

“这个，我不知道。”

我尽量扭过脸，与男人擦身而过，一口气跑下楼。但我感觉得到他大惑不解的视线笔直地刺向我的后背。

一股强烈的绝望感再次开始啮噬我的心。费了九牛二虎之力才从史郎和蝶子的视野里逃开，却又被那个男人撞了个正着。他肯定会向警察报告在那儿见过我。

啊，沦落至这种地步，我该去哪儿……真想去天涯海角……

我努力平复着毫无头绪、烦乱至极的心，漫无目的地游荡在黑暗的街道上，不知不觉中来到了饭田桥。回过神来，看了眼手表，已经过了九点半。我从上杉伯父家跑出来的时候还不到八点半。

据七点左右堀井敬三的手下百合子打来的电话说，山口老爷会到新桥站的西口接我。她口中的山口老爷即是堀井敬三。

可是敬三来了上杉伯父家。或许他发现情况比料想的更为紧急，所以赶去救我。而且，从他刚才小声嘱咐我照电话内容行动来看，他一定安排了手下在新桥站等我。但离约定时间已经过去两个多小时了，那个人还会在那儿等着我吗？

假如见不到那个人……我就无处可去了。

我踉踉跄跄地进了饭田桥站。站在售票口前，刚想说新桥，又急忙改口说到品川。刚才志贺雷藏的谨慎也给我上了一课。

不管能否见到，我都要去新桥看看。除此以外，我已经没有其他路可选了。

出乎我意料的是，在新桥下了电车，从西口一出来，立刻有辆出租车驶来。

“小姐，您要打车吗？”

我扫了眼司机的脸，竟然就是山口明！刹那间，喜悦与怀念渗透到我全身上下的每个角落，我禁不住热泪盈眶。

就这样，我的心渐渐靠向这个浑蛋。

逃避之行

“音祢。”

出租车驶离后，山口明，也可以称堀井敬三或者高头五郎从驾驶座向我搭话。

“事情的经过我们回头再慢慢说，那儿有大衣、长围巾和太阳镜。赶紧穿戴好。你没穿大衣会让人起疑。”

“好。”

我迅速穿上大衣，把长围巾包到头上，尽量把脸都遮起来，戴上太阳镜。大衣带给我的温暖，以及用长围巾和太阳镜做的简单伪装，使我的情绪多少平静了一些。

“你接下来要带我去哪儿？”

“上次去的地方。”

“安全吗？那里……”

“一时半会儿应该没有问题。反正近期就得换地方。对了音祢，这下子你离开我就活不下去了吧。哈哈哈！”

命运的安排是残酷的。被卷入一系列始料未及的案件的我，只能依从命运的安排，继续不可思议的旅程。不久前，我还是个纯洁、端庄、美丽的女子，如今却已沦落到不依靠这个来历不明的男人一天都活不下去的地步，成为警方追缉的对象。

啊，追缉的对象……想到这里，我浑身不由自主地颤抖起来。男人从后视镜中将一切看在了眼里。

“音祢，你怎么了？”

“……”

“之前将近三个小时里，你穿成那样去哪儿了？”

“糟糕透了。”

“出什么事了？”

“志贺雷藏被杀了。”

话音刚落，出租车猛地斜向一旁，堀井敬三赶紧扳回方向盘。

“音祢！”他用严厉的口气问，“你跟志贺雷藏在一起？”

“我还以为他是你派去的呢。因为他蒙着脸……”

“他带你去了什么地方？”

“根岸姐妹的住所……”

“啊，是江户川公寓吧。当时蝶子和花子在吗？”

“那个，其实……”

“音祢！你怎么会搞错呢？他没有侵犯你吧……”

“要是真发生那种事，我早不活了。”

“可你还不是轻而易举地顺从了我。”

“你！”愤怒和屈辱令我心里五味杂陈，“停车！我要在这里下车……”

“对不起，对不起。”见我想从座位上起来，堀井敬三用温柔的语气安慰我，“是我不好。稍微有点儿吃醋嘛。我相信你。那志贺雷藏果真死了？”

“嗯。”

“根岸花子也死了？”

“嗯。”

“好吧。详细情况我们待会儿再说。音祢，刚才的事请你原谅。”

我用两手捂住脸，泪水顺着指缝流了下来。

不管受到怎样的侮辱，离开这个男人，我已经一天都活不下去了。

这不仅仅是为了逃避警察的追缉，更因为我的身体和灵魂全都被这个男人吸引了。

之后，堀井敬三没有再开口说话，只驾驶着出租车驰骋于黑暗中。隔了许久，他才用温柔的语调说：“音祢，别哭了。擦干眼泪，补补妆吧。那儿有个手提包，里面应该有化妆用品。你不愿意让百合子看到你这副模样，对不对？”

“嗯。”

我老老实实点头承认，拿起旁边的手提包。我还在补妆，车子就驶进了上次的车库。车库里空荡荡的。听到引擎的声音，上次那名女子从里面走了出来。

“啊，小姐，您终于平安无事了。”她看了看我的脸，露出安心的笑容。

“音祢，你该谢谢百合子。她一直很担心你呢。”

“嗯，谢谢你刚才打电话给我……”

我无可奈何，只能对这个来历不明的女子低头行礼。

“没什么，别客气。”

“百合子，我跟你说啊，不能再称这姑娘为小姐了，从今往后要改叫太太。但是，这不能泄露给任何人。”

“您的意思是你们已经……”

“音祢，我们走吧。”

堀井敬三拉着我的手，来到那间安了隔音装置的地下室。他小心谨慎地锁好两道门，一下子抱住我，激烈地吮吸着我的嘴唇。

“现在终于可以把心放回肚里了。没见到你时我真是急得火烧火燎，一直在琢磨你究竟跑到哪儿去了。”

堀井敬三放开我，走到房间角落的橱柜前，像上次那样倒了杯酒给我。“来，一口气喝掉它。等你心情平静些了我们就上床吧。那样才能好好听你说。”

除了遵照他的话去做，我没有别的选择。一口气喝干杯中的酒，稍微呛了一下，但我感觉全身连脚趾都热了起来。

“啊，现在脸上多少有点儿血色了。过来，让我抱抱吧。”

他脱掉我的大衣，摘去我的围巾，正要把我抱起来。

“不要！”

我拨开他的手。

“不要？为什么？”

“你的脸……”

“哈哈哈，山口明的话你不乐意啊。想想也是。你喜欢的是高头五郎或者堀井敬三嘛。好，到床上之后我就变身。这总可以了吧？”

“嗯。”

“哈哈哈。”

男人再次炸锅般朗声笑道，然后轻轻地将我抱起。

痴情泥沼

“音祢，可以了吗？给我讲讲今晚发生的事吧。”

紧闭的房间内弥漫着激情的芳香。强劲猛烈的快乐之后，我好不容易才从倦怠中恢复过来。这时，堀井敬三在我耳边轻声低语。他的臂膀仍旧抱着我的背。我将滚烫的脸颊贴在他宽厚的胸膛上。

躺在他的怀里，我开始诉说今晚发生的一切。他让我别漏掉任何细节，坦白所有情况。当我说出志贺雷藏曾对我做出轻佻举动时，他说：“哦。看来那家伙果然想打你的主意呀。”

“嗯。所以要是那些巧克力中没有下毒，我不知道会变成什么样子……肯定没有脸再活下去了。”

“音祢，可你依了我，不也没有寻死吗？”

“你怎么又说这种话……”

“不，不，音祢，我既不是在捉弄你，也没有嘲笑你的意思。假如被志贺雷藏那样的男人玷污了，你肯定不会苟活，这一点我心知肚明。但是，我希望你明白一件事——你早就爱上我了。在国际饭店的走廊里邂逅时，我们彼此就一见钟情了。难道你不承认吗？”

堀井敬三的口吻难得如此沉静。说起来，当时我的确感受到一种说不清道不明的异样冲击，心中骚动不安……那就是眼前这个男人所说的情感吗？

“音祢，你一定得当心。对于男人而言，你的美貌就好比麻药。无论谁来到你面前，都抵抗不了你摄人心魄的魅力。只要想象别的男人碰你一根指头，我就感到怒火中烧。音祢，音祢，我坚决不允许你离开我，任何人都别想从我手中把你抢走！”

堀井敬三忽然发疯般使劲儿拥抱了我两三次，留下一连串雨点儿般的吻。

“呵呵呵……”没过多久，他喉咙深处发出低沉的笑声，“你继续往下说吧。我不会再打断你了。”

在堀井敬三的催促下，我又继续讲那段可怕的经历。当我说完，他并没有立即开口，沉思良久之后，才说：

“音祢，听你的意思，事情是这样的。玛丽根岸今天由于感冒没去剧场，在家休息。后来她吃了或许是支持者送的巧克力，感觉难受，于是去厨房找水喝，结果在那里咽了气。但是志贺雷藏对这件事毫不知情。他一心以为玛丽海伦两姐妹都去了红蔷薇剧场，才把你带到了那套公寓。然后一边吃放在那儿的巧克力，一边苦口婆心地劝你，没想到毒发身亡……是不是这样？”

"没错……"

"你正准备从那儿逃离，海伦和古坂史郎回到了公寓。对吧？"

"嗯。"

"这么看来，史郎和海伦已经搞到一起咯？"

"我不太清楚，但大概感觉得出这种倾向。"

"哎，音祢，你一定要特别小心那个叫史郎的人。别看他只是个小混混，听说对付起女人来可很有一套。"

"你就那么不信任我吗？"

"音祢，我说的不是那个意思。像古坂史郎那样的色狼，不可能没注意到你的美貌。只因为之前你是大家闺秀，他无从下手。现在你这样离家出走，他肯定把你看成一丘之貉，十有八九会千方百计地寻找你的下落，设法接近你。你可别中了那个家伙的圈套。"

我本想说我可不是这么随便的女孩，但想想说出口只会引来不快，便默默无语地摆弄了一会儿男人的衣领。

"哎，"这次由我先挑起话头，"你今晚为什么去了上杉伯父家？难道真的是黑川律师派你办事？"

"啊，确实是。但并非一定今晚去才行。"

"那就是为了救我去的？可是，你怎么知道我的处境非常危险？"

"音祢，这个我不能说。因为这属于工作上的机密。"

"你一定派卧底潜入了警视厅，对吧？"

男人没有回答我的问题，只是温柔地抚摸着我的头发。

"我跑出来之后，上杉伯父家怎么样了？"

"乱成一团。警察从窗户跳了出来。我也装出惊慌失措的样子，过了很久才帮他们打开门上的插销。接下来，谁切断了电源成了大家关注的问题。但我是第一次去上杉家，不可能知道总闸在哪儿，而且我一直待在玄关那儿。这样一来，阿茂就成了被怀疑的对象。但住在附近的人做证，恰巧就在那个时间，曾有名形迹可疑的男子一动不动站在上杉家的后门外。阿茂说也注意到那个人了，但她以为是个警察。于是，他们最后推测：你的同伙在后门见机行事，后来看形势危急，就拉下了总闸——总闸就在进了后门不远的地方。音祢，当时我吓了一跳，因为没有任何思想准备，加上你又没来新桥……虽然起初是让百合子在那里等你。我还从没有那么魂不守舍过。”

“那究竟是谁拉了电闸？”

“阿茂呀。”

“啊?!”

“有什么可大惊小怪的。”

“阿茂主动把电源切断了？”

“怎么可能，是我拜托她的。因为不能说出来，我提前写了张‘小姐有危险，我做个暗示，你就切断电源’的纸条带过去，交给了阿茂。”

“不过阿茂还真听你的话。”

“当然是给了她一份等值的谢礼喽。”

“什么谢礼？”

“我亲了她一下，还抱了抱她。哈哈哈。”

我的身体猛地一颤，下意识地想挣脱男人的手，堀井敬三却紧紧地抱住我。

“怎么了？音祢，你吃醋了吗？哈哈哈，虽说亲了她一下，可不是嘴唇哦。只轻轻碰了碰脸颊而已。这不是为了救你于水火之中嘛，区区这点儿牺牲不算什么吧。”

“黑川律师真的信任你这样的人？”

“没错，他很信任我。”

这句话给了我一线希望。我曾经无意中听伯父说过，黑川先生绝对不是那种无良律师，他是位很了不起、具有绅士风度的法律专业人士。既然受到如此出色的人信赖，或许眼前这个男人也自有过人之处。

“黑川律师知道你是做什么工作的吗？黑市方面……”

“隐约知道一点儿。但不是有个成语叫‘知人善任’吗？毒药使用得当也能变成救命良药。”

“你是毒药吗？”

“你不就是这么想吗？你是麻药，我是毒药。来，再靠近些。这样……舒服吧？”

啊，我不禁再次沉浸在与这个来历不明的男人纠缠在一起的痴情泥沼中。

百合子的告白

就这样，我开始了一段见不得光的地下生活。

由于堀井敬三禁止我看报纸，那之后案件究竟进展如何，详细情形我无从得知。不过，从几乎每天都来的黑市中间商山口明口中，我还是听说了大概。

据说公开的是根岸花子和志贺雷藏的尸体被从红蔷薇剧场归来的根岸蝶子一人发现，古坂史郎没有被曝光。

恐怕古坂史郎考虑到自己牵涉进这样的案件会麻烦缠身，于是说服蝶子不要将他供出来。关于这点，堀井敬三推测古坂史郎肯定是在背地里做了什么亏心事，或者心怀鬼胎图谋不轨。

具体如何暂且不细究，且说调查的结果是根岸花子和志贺雷藏两人都为氰化钾中毒。正如我们先前的猜测，氰化钾就掺在支持者赠送的巧克力中。令调查人员感到意外的是，他们俩的死亡时间竟相隔三个小时。

警方判断，根岸花子的死亡时间在傍晚五点左右，而检验志贺雷藏的尸体时，他死亡不到半小时。这个发现令调查人员大惑不解。就在这个节骨眼上，我在二楼楼梯处遇到的中年男人竟然现身。

根据他描述的相貌姿态，宫本音祢再次与案件扯上关系。阿茂和上杉伯父家附近的邻居见过志贺雷藏的尸体后，证实昨晚守在上杉伯父家后门外的是志贺雷藏无疑。

调查到这一步，警方猜测拉下电闸、帮助宫本音祢逃跑的就是志贺雷藏。以此类推，他们怀疑和宫本音祢结伴前往 BON BON 酒吧的黑市中间商木下也是志贺雷藏，便给 BON BON 酒吧的女服务员等人看了志贺雷藏的尸体。这一看不要紧，新的发现令警方大跌眼镜。

死者和木下并非同一人，反倒是岛原明美被杀前和她同床共枕的男人！得知这个结果时，调查人员震惊得无以复加。那么，志贺雷藏与宫本音祢之间是什么关系？宫本音祢到底有几个男人……

“音祢，你可千万别在意哦。”

说这话时，堀井敬三温柔地抚摸着我的头发。

“尽管你的朋友和品子阿姨拼命为你辩护，可是外界依然认为你是人尽可夫的荡妇。”

这样的反应早在我意料之中，但一想到品子阿姨和上杉伯父，我的眼泪还是不由自主地涌了出来。

事已至此，我已经离不开这个男人了。他坚强、温柔、魁梧，还教我懂得男欢女爱的种种乐趣。我屡屡在他的怀抱中攀向愉悦的巅峰，迷离忘我。两个人沉浸在永不枯竭的爱之泉中。当他的臂膀紧紧地拥住我时，我多么希望就这样死去。杀了我吧……杀了我吧……我扭动着身体高喊。

堀井敬三几乎每晚都来看我，但偶尔也会打电话说因工作关系来不了。

那些晚上，我心中忍受的煎熬是无法用文字和话语道尽的。我想念堀井敬三男性的肌肤，在床上辗转反侧难以入眠。而且，每当想到或许有别的女人依偎在他的臂弯里，我便忌妒得几乎发狂。

然而某天，百合子告诉了我一件十分蹊跷并令我厌恶的事。

我的生活起居全部由百合子包办，她对我无微不至，一直关心我、鼓励我、安慰我。她像个奴隶般以舍身忘我的精神服侍着黑市中间商山口明。

我百思不得其解，最终询问了百合子。她听了我的问题后长舒一口气，说出了其中的缘由。

“我对山口明老爷不管多么尽心尽力都不为过，因为我这条命是他救的。”

“他救的？什么意思……”

听我这么问，百合子看了我一眼，继续说：

“我曾经被一个男人骗了。他不仅欺骗我的感情，还榨光了我的钱。那可真是榨得彻彻底底。那个男人知道再怎么榨也榨不出一分钱来时，便弃我而去。我心灰意冷，只想一死了之。说实话，按当时的情况，除了死，我也没有其他路可选。但恰在那时，山口老爷出现了……尽管在那之前我们素昧平生，他却好心好意地鼓励我、安慰我，让我重新认识到活着的意义……不仅如此，他还撮合了我和现在的丈夫……这车库就是老爷经营的，他对我们真是照顾得相当周全。”

前面忘记说了，百合子的丈夫是堀井敬三的司机，同时也担任这座车库的管理员。

知道那样的男人竟然有如此善良体贴的一面，我非常高兴。但接下来百合子说的寥寥几句就将我的美梦一举粉碎，化为了泡影。

“那欺骗你的究竟是怎样一个人呢？”

“那个人和太太您也有关系。”

“和我有关系……”

“是的，我从报纸上看到了。太太您原本该和那个叫高头俊作的人结婚，对吧？欺骗我的，正是被杀的高头俊作的堂弟——高头五郎。”

女王音祢

啊，这到底是怎么回事？

难道是高头五郎将百合子榨得山穷水尽，不剩一根骨头之后，又以山口明的身份施以援手？而且这个女人也没发觉，自己千恩万谢的山口明竟是玩弄她于股掌之间的男人？

明白了，我明白了！山口明无论如何也不以真面目出现在百合子等车库工作人员面前，原因就在这里。可是即便如此……我越来越搞不清高头五郎这个男人了。

“这么说，山口先生很照顾你啊。”

“是的。他处处为我着想……”

我忌妒得简直百爪挠心。

“山口先生不会是喜欢你吧？他有没有向你要求过什么……比如索吻之类？”

“哎呀！”

百合子似乎被我的话吓了一大跳，忽然抬起脸，眼神里看不出半分虚假。

“太太，您可千万别乱说啊。山口老爷不是那样的人。他在生意方面尽管有些……但绝对是个正人君子！您那番话，不用说对山口老爷，就是对我丈夫也是一种侮辱。”

“啊，对不起。可你实在太漂亮了，所以我忍不住就胡思乱想了……”

“您吃醋了吗？呵呵呵。我怎么能和您相提并论呢？但吃醋也不是坏事。哎，太太，难道您不知道老爷有多爱您吗？别说是我了，其他任何女人他都不会多看一眼。老爷脸上写得清清楚楚呢。”

那天晚上，男人来的时候，我把与百合子的对话告诉了他。听完，他立即用大得简直要把我的骨头挤碎的力气紧紧抱住我，说：“刚才在上面百合子已经对我说了。原来你也会为了我吃醋啊。”

说这话时，眼前的男人俨然是个孩子。

“可是，你到底怎么打算？”

“怎么打算？这个嘛……你就当我在赎罪吧。我有多爱你，百合子也跟你说了……我是绝对不会移情别恋的。相对地，我也无论如何不允许你离开我……”

“我也是……”

我们说着绵绵情话，甜蜜相拥，一起登上欢乐的巅峰。

那段时期，有件事令我很纳闷——这儿明明是山口进行地下买卖的根据地，自从我住进来之后，却从来没见他在这里进行过交易。我忍不住说了心中的疑问。

他回答：“对，关于这件事，我得跟你说清楚。我呢，除了这里以外，还有两处秘密据点。在那两个地方，我又分别拥有不同的面孔和不同的姓名。现在我就告诉你，你牢牢记住。千万别写在纸上，要把它们刻进脑子里。一旦这边发生不测，你务必要去那里避难。”

接着，他把另外两个秘密据点的地址、电话号码和在那里使用的化名告诉了我，并让我复述了许多次。日后在危险向我逼近的紧急关头，这些都派上了用场。

在我藏身这个地下室约一个月时，一天晚上，堀井敬三带来一件奇怪的东西。

“音祢，你穿上这个试试。”

说着，他从波士顿手提包里拿出一件纯黑的紧身衣。紧身衣配有袜子和手套，似乎是从脖子以下全部紧裹身体的样式。

“哎呀！你要我穿这种衣服做什么？”

“别管了，照我说的去做就行。我自有道理。来。”

堀井敬三将我拥入怀中，深深地一吻。这下不管什么事，我都无法拒绝了。

“那我到隔壁的房间去试穿，你可不许偷看。”

“哈哈哈，偷看又怎样？”

“讨厌啦。”

“好吧，我不偷看，不偷看。”

我拿起紧身衣跑进卧室，把门关紧。要穿这件紧身衣，得把身上的衣服全部脱光，一丝不挂。我迅速换上。看来是堀井敬三为我量身定做的，衣服紧贴在身上，几乎勒进肉里。穿好之后，我站到镜子前打量自己。从鼓胀的乳房到浑圆的臀部，全身的曲线一览无余，我不禁面红耳赤。但这是堀井敬三的喜好，我必须迎合。谁让自己的身体渴求他的爱抚。

“音祢，你在磨蹭什么，还没好吗？”

“人家不好意思嘛……”

“好了，到这儿来。再穿上这个试试。”

我静静地走出来，堀井敬三上上下下贪婪地打量着我的身体，眼眸中燃起熊熊欲火。

“音祢，太美了！你的身材简直无可挑剔！人间尤物这种词就是专门为你而诞生的。来，再穿上这件长袍，戴上面具试试。”

这次，堀井敬三又给我戴上一个黑缎面具，从后面帮我穿上一件类似旧式军官斗篷的长袍。长袍表面也是黑色的，里面则是黑白相间的竖条纹，下摆非常长。他再次细细端详我，过了一会儿，忽然跪倒在我面前。

“啊，女王音祢殿下，鄙人是您的忠实奴仆。”

啊，这个男人到底在打什么鬼主意?

暗夜盛宴

眼前充斥着朦胧的烟雾，光线昏暗。堀井敬三带我来到一处寻欢作乐的地下场所。

封闭的空气中弥漫着令人窒息的各种烈酒味、女人们呛人的脂粉香以及男人们带着酒气的充满欲望的体臭。

放眼望去，到处是以面具遮脸搂搂抱抱的男女。起初他们还只以或谄媚或撒娇的语调窃窃私语，酒过三巡之后，男人也好女人也罢，通通将廉耻之心抛到了脑后，变得肆无忌惮。宽敞的大厅内上演着各种不堪入目的狂态与丑态。

这是从事黑市买卖的同行间的秘密宴会，豪华且淫荡。参加条件是每人交一万元会费，而且必须携带女伴。

“你真讨厌！怎么带我来这种地方啊？”

尽管用面具隐藏了真实面孔，我还是羞耻得连头也抬不起来，拼命用长袍挡住身体。由于只穿了紧身衣，全身的曲线暴露无遗，如果不这么做，我实在无法忍受好色之徒向我投来的目光。

“哈哈哈……”山口明身穿无尾晚礼服，面具深处的双眼在酒精的刺激下闪闪发光，“没办法，谁让规定必须带女伴呢。难道你希望我带别的女人来这种地方？”

“我才不管。”我扭了扭身子，跟他赌气。不知什么时候，我已经学会了这么一招。

“可是，先不说这个，你为什么不让我穿得更端庄些呢？再怎么说，这身打扮也叫我太难为情了……你瞧，所有人都盯着我呢。”

“这有什么，我就是要向大家炫耀一下你美丽的身体。你是今晚的女王殿下。看，是个男人都在垂涎欲滴地看着你。”

“讨厌，说什么呢……”

“女人们都对你恨得咬牙切齿呢。好了，靠过来一点儿。”

为了克制内心的恐惧，我不得不挨近堀井敬三。不知什么时候，我也被他抱到了腿上。

大厅中央设置了一个圆形舞台，唯独那里有明亮的灯光，其余的地方是昏暗的间接照明。围绕舞台，昏暗的光线中摆着大约五十张桌子，每张桌旁都坐着戴面具的男女。酒酣耳热之际，所有桌旁的男女都不再斯斯文文地相对而坐，女人们无一例外地坐到了男人们的大腿上。男人们的手指在她们身上四处游走，在这撩拨之下，女人们发出妩媚的撒娇声。男人们一个个边爱抚腿上的女人，边不时向我投来赤裸裸的目光。

舞台上此时正在上演脱衣舞，然而几乎没人把视线投向那边。比起舞台，观众席的淫荡程度远在其上。

“哎，亲爱的。”将羞得发烫的脸埋在堀井敬三胸前，我的声音也变得娇滴滴。

“你为什么要把我带到这种地方来呢？应该有什么目的吧？”

“嗯……并非完全没有目的。”

“什么意思？你的目的是……”

“你马上就会明白。喏，你看对面。那也是目的之一。有棵棕榈树盆栽对吧？那附近的桌旁抱在一起的两人，你知道是谁吗？”

我悄悄抬起脸，提心吊胆地朝堀井敬三所说的方位看去。

一个身穿无尾晚礼服的男人正与一个穿着暴露的黑色晚礼服的女人紧紧相拥。由于两人也都戴着面具，我看不到他们的真面目。只见女人裸露的雪白手臂环绕在男人的脖子上，两人激烈地吮吸着彼此的嘴唇。

“那两个人是谁？”

“你舅舅啊。佐竹建彦……至于那个女人，你应该猜得出来吧。”

“我们回去吧……亲爱的，赶紧带我离开好不好……我不想让舅舅在这种地方看到我。”

“哈哈，他不可能认出来。连神仙都不会料到你来这种地方。”

“可他一直盯着我看呢。”

“是啊。他的女人肯定不高兴。”

“那个女人是笠原薰吗？”

“当然。”

佐竹舅舅来这种地方丝毫不值得大惊小怪，毕竟他也从事黑市交易。而且既然参加宴会的条件之一是必须带女伴，那他带笠原薰来就更没什么稀奇的了。但问题是堀井敬三明知道他们要来，为什么还要硬拽着我来这种地方？何况退一万步来说，现在的我得尽可能避人耳目……

我悄然抬起眼，望着堀井敬三的脸。但他依然镇静自若地抱着我，观看舞台上的脱衣舞。我再次把视线移向棕榈树那边。建彦舅舅和笠原薰的嘴唇仍旧纠缠在一起。

我感觉无地自容，浑身发烫。然而眼下的我哪里还有资格嘲笑建彦舅舅和笠原薰？自己不也正坐在男人的腿上与他相拥吗？

建彦舅舅终于结束了与笠原薰的长吻，他从女人身上移开视线，又朝我瞟了两眼。我慌忙把脸埋到堀井敬三胸前。

“那个，佐竹舅舅还在往这边看吗？”

“嗯，正朝这边看呢。笠原薰那个女人已经吃醋了。”

“他不会是发现了我的真实身份吧？”

“怎么可能。”

“求你修好积德，赶紧带我离开这里吧……”

“好了，你再稍微忍耐一下。瞧，好戏终于要上场了。你抬起头来看看舞台。”

话音未落，只听场内响起雷鸣般的掌声，我下意识地抬头朝舞台看去，霎时惊得倒吸了一口凉气。并排站在舞台上的，不正是人高马大的鬼头庄七和楚楚可怜的佐竹由香利吗？！

现场搜捕

魁梧的鬼头庄七只穿了条绷在腿上的黑色紧身裤，裸露的上半身遍布黑漆漆的刺青。在明亮的灯光照射下，他匀称的体形加上刺青，散发出一种异样的性感。而且他健壮的手臂上还缠绕着一条粗粗的皮鞭。

“上次在奥利安剧场看过的那种残忍表演又要开始了吗？”

“哈哈哈，今晚的客人哪儿会看那种节目，他们可是每人交了一万元的会费。好戏马上就要上演了。喏，你瞧大家的眼神。”

我悄悄抬起脸，环视昏暗的大厅。到刚才为止几乎对舞台视若无睹的观众，现在不论男女，都全神贯注地注视着舞台上的两人。

他们的眼眸闪闪发光，写满猥亵的期待。这些人究竟在期待什么呢？

我若无其事地将视线移回舞台。此刻，楚楚可怜的少女佐竹由香利正被浑身刺青的大汉甩着皮鞭驱赶。她像日本斑羚一样扭动着身体，四处逃窜。手执皮鞭的大汉和楚楚可怜的少女，再也没有比这更残忍的组合了，是他们的性虐待表演将所有观众的目光牢牢锁定在舞台上了吧？

但实际上并非如此。不，是不仅仅如此。

楚楚可怜的少女终究还是落入了大汉手中。由香利拼命挣扎，试图脱离魔掌，但归根结底不过是老鹰利爪下的小鸡。她的衣服被暴戾的大汉一件件剥掉……

忽然，某个可怕的念头飞快地掠过脑海。堀井敬三刚才说“好戏马上就要上演了”难道是说这个……

“讨厌！讨厌！讨厌！我讨厌看这种表演。你赶紧带我离开这里吧。为什么偏偏带人家来这种地方？”我拼命抱住堀井敬三的胳膊。

“哎呀，抱歉抱歉，我也不喜欢看这种东西，说心里话真的不喜欢。可你实在太同情那个女孩了，我是想让你看看她的真面目。这样，如果不想看，你就闭上眼睛靠在我怀里吧。”

我把满是汗水的脸紧紧贴到他的胸膛上。

这个男人虽然是个浑蛋，但也有异常温柔可靠的一面。以往只要这样被他抱着，我就会忘记一切烦恼，恢复平静。今天却不行。听着观众席涌起波涛怒吼般的无情叹息声，我的心禁不住颤抖起来。

唯一让我感到安慰的，是舞台那边仍然响着噼里啪啦的鞭声。

这么说下流的表演应该还没开始。

“音祢！”堀井敬三凑近我的耳边轻柔地说，“这次可轮到由香利挥着鞭子四处追着老头子打了。即便在你的众多竞争对手中，她也是最可怕的。不良少女啊。”

这时候，我已经满身是汗了。忽然，有人走到堀井敬三身边，对他耳语了两三句。我感觉到他打了个哆嗦。

“哦，是吗。你先下来。”

“不要，不要，我不要你离开我！”

“可是人家说百合子来电话了。或许出了什么差错。”

“什么差错……”

“所以我得去问清楚。你在这里等着，我马上就回来。”

“那你可要快点儿回来，我一人在这里害怕。”

“嗯，我会速去速回。”

从事黑市交易的山口明老板刚跟在服务员身后走出去，其他男人立即将肆无忌惮的目光齐刷刷地对准我。如此难得一见的有趣表演竟然不认真欣赏，他们肯定认为我这个女人古怪。佐竹舅舅也用好奇的眼神直盯着这边。坐在他旁边的笠原薰似乎生气了，揪了一下他的耳朵。舅舅面露苦笑，把视线移回舞台。

忽然，一阵波涛怒吼般的叹息声再次从昏暗的观众席涌来。啊，难道下流的表演终于要开始了？

我浑身僵硬得如同石头，下意识地把目光转向舞台之外。就在这时，舞台上的灯忽然啪啪地忽闪了两三下，紧接着观众席上的男男女女纷纷尖叫着站了起来。

“警察来搜查了！”

转眼间，昏暗的大厅里上上下下乱作一团。

警察……这个词冷不丁地击中了我的心脏。我不自觉地朝舞台看去，只见全裸的由香利将衣服抱在胸前，和同样一丝不挂、浑身遍布着乌黑刺青的大汉鬼头庄七发疯似的跳下舞台。

“安静！安静！没关系、没关系！我们设有密道，请大家按顺序从那里出去。”

一个貌似宴会主办者的男人跑上舞台，声嘶力竭地喊道。再看刚才挂着大幅壁画的墙上，此刻出现了一个四方形的洞口，向里延伸出一条伸手不见五指的地道。见状，男男女女立即蜂拥而上，冲进地道。

但是，我该怎么办才好呢？山口明还没有回来。即便我从这里逃出去，也不能以这身打扮走在路上。况且我身上一分钱都没有。

“您还在这里磨蹭什么呢？请赶紧进地道，我们要关门关灯了。”

啊，已经别无选择了。我打定主意，冲进漆黑的地道。

这条地道非常长，似乎通往马路对面大厦的地下。大家在黑暗中推搡着到达地道尽头。主办方好像提前就料到会发生这种情况，已经把客人们的外套和寄存物品全部转移了过来。

“请大家摘下面具，按顺序表情自然地走出这栋大厦。”

当然不可能戴着面具走在大街上。我尽量远离人群，在昏暗的出口处摘下面具。

“啊！”

就在这时，我忽然听到一声惊叫。还没等我反应过来，有人猛地抓住了我的手腕。此人正是舅舅——佐竹建彦！

第四章　炮烙之刑

炮烙之刑

那之后的一周，我都被建彦舅舅软禁在公寓内。不，也不算是软禁。我身上只穿着紧身衣和长袍，也无法逃出去。

那天晚上，在混乱中与笠原薰走散的舅舅把我带回公寓。锁上门之后，他二话不说就朝着我的脸使劲儿甩起了巴掌，一下、两下、三下……他尽情地宣泄胸中的愤怒，双手并用打我的脸。

我十分理解舅舅的心情。他发怒也在情理之中。他尽管自甘堕落，却希望作为外甥女的我能清清白白、堂堂正正地度过美好的人生。我心中充满了对舅舅的歉疚之情。所以无论他对我如何拳打脚踢，我都没有流泪。而舅舅将这视为我在反抗，更是怒火中烧，一刻也不停手。

没过多久，我的嘴唇就被打破了，流出血来。舅舅这才停下手哭了，而且是放声恸哭。

“音祢，音祢，你为什么要变成那种女人?！这身打扮究竟算什么！你怎么能去那种下流的地方！和你在一起的黑市老板模样的人到底是谁？”

面对舅舅的质问，我该如何回答呢？我已经把自己的身心毫无保留地奉献给了那个男人。对他不利的话，我死也不能说。

见我默不作声，舅舅再次燃起熊熊怒火，粗暴的声音在颤抖，但他已经不准备向我施加武力了。

“音祢，难道你不觉得自己对不起上杉伯父和品子阿姨吗？自从你离家出走以后，你伯父和阿姨，尤其是你阿姨，整天唉声叹气、度日如年，你应该想象得到吧？你对他们就没有丝毫愧疚吗？”

“舅舅，求您别再说了。提到他们，我心里就难受……”

“提到他们你会难受？看来你多少还保留了点儿以前那个音祢的秉性。音祢，是舅舅不好，不问青红皂白就对你拳打脚踢。可是，你要告诉我，那个男人究竟是谁？你不否认自己有男人吧？”

“是的。”

“那他到底是什么来头？”

“舅舅，这个我不能说。”

“不能说？为什么不能说？”

“我不能给他添麻烦。”

“音祢！你爱上那个家伙了吗？”

“嗯。”

话音未落，又一个强有力的巴掌甩了过来。我禁不住倒向一旁。

“你……你……竟然爱上了带你去 BON BON 酒吧的二楼……还带你去看今晚那种下流表演的男人……你怎么能爱上那种下三

烂?！”

“可是今天晚上……”

“你倒是说啊……今天晚上怎么回事？”

“我并不知道有那种表演。而且，他也说不喜欢那种东西。”

“那为什么还要去？交那么高的会费……”

“因为……我很同情那个叫由香利的女孩。我早就知道，他的真正目的是夺取所有财产。他对我说了很多关于由香利的事，但我不相信。不，应该说无法相信……为了让我看清楚由香利的真面目，今晚他才会把我带到那种地方……”

“音祢！”舅舅似乎大吃一惊，声音卡在了喉咙深处，“照你这么说，那个家伙很关心遗产的事？”

我没有回答，但不回答就等于默认。

“音祢，音祢，你被那个家伙骗了！他肯定是觊觎你的财产！你一向聪明，难道没看出来？”

舅舅的问题再一次让我哑口无言，因为我心中也有同样的疑问。不对，那个男人不是早就亲口告诉过我了吗?

“音祢，那个家伙该不会是为了让你尽量多地获得遗产，准备把佐竹家的人一个个全部杀掉吧？音祢，你告诉我，是不是这样？”

“我……不知道。”

“不知道？那看来不排除这种可能啊。”

啊，可是，堀井敬三不也对我这个舅舅有相同的怀疑吗?

“舅舅，请您什么都不要说了……”

“音祢，你怕那个男人吗？怕的话就说出来。尽管不清楚他是什么身份，但我一定要帮你和他划清界限。和那种下三烂在一起，即便能得到巨额财产……”

“舅舅，请您别再说这种话了……我心意已决。”

“心意已决？”

“舅舅，您放弃吧，就当我不在这个世界上了。以前那个天真无邪的音祢已经死了，现在在这里的音祢，身心都已污秽不堪。不管舅舅您多怨恨我，我都无话可说，但请您别再追问下去了……”

这时我第一次哭了起来。为自己可怜的身世，哭到眼泪都枯竭了。

那天晚上舅舅也死了心，没再责问我。但从第二天开始，他又千方百计地试图从我口中打听那个男人的名字。然而，不管他好说歹说，我依旧守口如瓶。就因为这样，我又连挨了好几个巴掌。比起我来，这样的责打不知道会让舅舅痛苦多少倍。他肯定如同遭受着炮烙之刑。

笠原薰的忌妒

就这样，一周过去了。建彦舅舅到底还是既不想把我交给警察，也不打算通知上杉伯父。他大概是不忍心将我自甘堕落的状况透露给其他人。

建彦舅舅的公寓位于池袋，相当高级，墙壁也很厚，一般的动静和说话声好像都不会传到隔壁，所以我在这里藏了一周都没人发现。令我苦恼的是，这套公寓里并不是所有房间都安装了电话。只要有电话，我就可以告诉堀井敬三自己的处境。可舅舅一直把我关在没有电话的房间里，不许我踏出一步。

不知道堀井敬三怎么样了。那天晚上，他知道建彦舅舅也去了会场，我下落不明，他不会想不到我可能被舅舅强行带走了。可他至今音讯全无，难道是那天晚上被警察逮捕了？

想到这里，我的心顿时像灌了铅般沉重。一旦被捕，他那种干过无数亏心事的人肯定一时半会儿没有指望放出来。到那时，我该如何是好？

“没有我，你已经一天都活不下去了。”

堀井敬三的低语再次回响在耳畔。无论是日常生活，还是肉体上的迫切渴求，我确实都离不开他了。

那一个多月里，每个晚上我都与堀井敬三共度良宵。如今，我却在建彦舅舅的公寓里，心情越来越低落，怀念着他种种的好，终日以泪洗面。他虽然是个浑蛋，却也有异常温柔可靠的一面，让我不由自主地愿意将自己的全部交给他，依靠他。

或许是留意到了我脸上流露出的不安，某天晚上出门前，建彦舅舅忽然扑过来，将我五花大绑。

“呀，舅舅，您这是要做什么？”

“做什么你应该很清楚。你对那个男人念念不忘，总想着从这里逃出去。为了保险起见，我必须这么做。在我回来之前虽然会很不舒服，但你就这样老老实实地给我待着吧。”

舅舅把我推倒在地板上，迅速离开了公寓。遭到这种对待，我对堀井敬三的思念之情更加强烈了。

“亲爱的，亲爱的，你为什么还不来啊？为什么不来救我？你不是无所不能的超人吗？你不可能不知道我在这里，对不对？还是说，你自己也遭遇了什么不测……”

我拼命挣扎，呼喊掘井敬三的名字。喊着喊着，泪水模糊了我的双眼。辗转反侧间，我一直重复，最终流着泪昏睡过去。

不知过了多久，我忽然感觉身旁好像有人，猛地睁开眼，紧靠枕边果然站着个人——是女人。视线从对方的腿向上移去，看清面孔的瞬间，我不由得打了个哆嗦。站在那里的是笠原薰。她死死地盯着我，眼神里看不到丝毫善意。

“哈哈，筋疲力尽了吧？”笠原薰撇撇嘴，露出一抹冷笑，脸上写满了敌意。我没明白她的话。

“我说怎么不对劲儿呢。打电话也支支吾吾的，还想方设法地躲着我。我觉得纳闷，过来一看，果不其然，原来金屋藏娇了啊。对你这种人，看来一分一秒也不能掉以轻心。”

笠原薰用指甲鲜红的手指点上衔在嘴里的烟，在我身旁蹲下。

“话说回来，小姐，你的媚功还真是了得呀。你到底有多少男人？不，想勾搭多少男人是你的自由，可现在竟然跟自己的舅舅私通，你简直是个长着漂亮脸蛋的狐狸精嘛。”

跟自己的舅舅私通？听到这句，我浑身上下起了一层鸡皮疙瘩。

“你……你胡说什么！简直不堪入耳……”

“什么不堪入耳，就你那张嘴，还配说这四个字？我记得可是清清楚楚。你那天晚上也来了，来看那场精彩绝伦的表演。哈哈哈！装出一副温婉可人的样子，来看那种表演，还穿得这么风骚。”

笠原薰隔着紧身衣在我身上到处乱戳。突然间，仿佛忌妒的烈火腾地燃烧起来，她一下子紧紧抓住我的乳房。

“啊……”

我忍不住尖叫出声，挣扎起来。

“哈哈哈，你就是用这动人的曲线来勾引建彦的吧？在建彦的面前显摆你这美胸、细腰、肥臀，挑逗他，是不是？你也让我开开眼嘛！”

笠原薰的忌妒如同洪水决堤般一发不可收拾，她对我的身体用力地又抓又掐，无休无止。我疼得在地板上直打滚。

“你、你真无耻……说我和自己的舅舅乱搞，怎么可能干那种畜生才干的事……”

“什么算畜生，你给我好好听着！佐竹家一个个都是畜生！你看由香利那副德行，装得楚楚可怜，却跟自己的继父演那种下流节目丢人现眼。双胞胎蝶子和花子呢，是同一个男人的玩物。连你舅舅建彦也是脚踩两条船，不但睡了我，还夺走了我妹妹阿操的贞洁。这种畜生，哪儿管你是不是他的外甥女，见到你这张脸蛋、这副身材，怎么可能放过？我从那天晚上就知道，建彦那家伙已经被你迷得神魂颠倒了。你跟建彦做了的话就给我老实承认！”

“我、我才没干那种下流的事……”

“不说？还想跟我装糊涂吗？好，我倒要看看你嘴多硬！”

笠原薰凶神恶煞地环顾四周，发现旁边有个暖炉，脸上浮出了冷笑。怕我感冒，舅舅临出门前往炉子里添了些煤，此刻正发出噼里啪啦的刺耳响声。笠原薰从炉子里抽出烧得火红的铁钳，一股淬过火的刀具带有的浓烈气味顿时扑鼻而来。

“怎么样，这下子你还不说？那我可就把这铁钳子贴到你脸蛋上去喽。谁知道会在你俊俏的脸上留下什么样的疤呢。”

听她这么说，我吓得浑身发麻。看她的眼神，我很清楚她既没有开玩笑，也不是在虚张声势。她是认真的。强烈的忌妒心已经令她丧心病狂，失去了理智。

“你还是不说吗，大小姐？装得高贵典雅，其实道貌岸然。你赶紧在这里给我招了，说‘我确实和舅舅有不正当关系’。要是再嘴硬……”

铁钳前端灼人的热气一下子逼近我的脸颊，烤得皮肤火辣辣地疼。我闭上眼睛。泪水从眼角溢出，沿着太阳穴滑落到耳边。

“怎么，还哭了？不要以为洒几滴猫尿就骗得了我。好，咱们干脆玩真格的……”

就在我即将昏过去时，传来舅舅的一声怒喝：“混账东西！”

与此同时，笠原薰咕咚一声倒地。我终于从灼热的地狱中逃了出来。

后门之狼

我蜷缩在沙发的一角，用双手紧紧捂住脸。指缝间，泪水止不住地往外涌。

隔壁房间传来笠原薰带着鼻音的撒娇声，似乎在啰啰唆唆地抗议什么。刚才一见到舅舅，她的态度立刻一百八十度大转变。再加上被舅舅又是训斥，又是抱在怀里亲吻，她此前的嚣张气焰消失得无影无踪，转眼就变得小姑娘般乖顺。

舅舅给我解开绳子，让我坐到沙发上，然后为笠原薰的无礼向我道歉。见状，笠原薰又吃起醋来，非缠着舅舅在我面前抱她不可。后来她主动脱去套装，只穿着内衣挑逗舅舅。舅舅一边苦笑，一边抱起她进了隔壁的房间。就这样，现在他们俩正在床上云雨。

唉，所有的一切都是如此污秽。但说归说，现在我已经没有蔑视他们的资格了。谁让我自己也迷恋上那个来历不明的男人，爱得无法自拔呢。

隔壁房间不断传来笠原薰肆无忌惮的娇吟声，实在不堪入耳。我扭过脸。就在这时，笠原薰脱下来的衣服映入了我的眼帘。我不假思索地从沙发上跳下，跑到大门边看了看，幸亏没有上锁。

我立刻返回起居室，穿上笠原薰的套装。笠原薰个头比我高，衣服稍微有些肥大。但眼下不是计较这种事的时候。没有长筒袜，不过紧身裤看着倒挺像黑色的长筒袜。

隔壁房间仍然不断传来笠原薰的娇吟声。我将颤抖的胳膊套进大衣，蹑手蹑脚地跑向玄关。下楼时，我漫不经心地把手伸进上衣口袋，摸到一团皱巴巴的纸币。拿出来一看，竟然是五张一百元。

肯定是邋里邋遢的笠原薰把买东西找的零钱顺手塞进了口袋。万幸，有救了！这下我可以打车了。

好在公寓的服务台一个人也没有，我神不知鬼不觉地顺利跑到外面。无论如何，我得先找个地方给堀井敬三打电话。

根据那天晚上百合子打来电话的情况推测，赤坂的藏身处恐怕是发生什么不测了。幸亏堀井敬三未雨绸缪，告诉了我另外两个藏身之所的地址、电话号码和他在那里的化名。现在我依旧记得一清二楚。哪儿有公用电话呢……我一边搜寻一边往前走。忽然，身后响起一个声音。

“姐姐，姐姐，请等一下……”

我没觉得是在叫我，正准备继续往前走。

“姐姐，姐姐，音祢姐姐，请等一下……”

被清清楚楚地叫到名字，我不禁定在原地。贴到我身边来的不是古坂史郎吗?!

“姐姐，你可别在这里傻站着。来，我们挽着胳膊走吧。”

古坂史郎也不管我是否愿意，挽起我的胳膊就向前走，我们看上去简直像对情侣。

这个狡猾的美少年早就看穿我没本事甩掉他的胳膊逃走。一阵寒意迅速蹿过我的背脊，全身的汗毛都跟着竖了起来。躲过一劫又来一劫。我恍恍惚惚，任由古坂史郎拉着，稀里糊涂地走在大街上。

“姐姐你果然藏在那栋公寓里呀。但是好奇怪，警察好像去调查过那栋公寓好多回了……姐姐你是从什么时候开始待在那里的？”

他发出女人般撒娇的声音。我想起某次堀井敬三对我说过的枕边话。

“音祢，你一定要特别小心那个叫史郎的人。别看他只是个小混混，听说对付起女人来可很有一套。”

而且他还说：“因为之前你是大家闺秀，他无从下手。现在你这样离家出走，他肯定把你看成一丘之貉，十有八九会千方百计地寻找你的下落……”

堀井敬三的预言应验了，但是他的警告又让我猛然间涌上一股斗志。现在的音祢已经不是昔日的音祢了，绝不能败给这种毛头小子。我故意叹了口气，说：“小史郎，你怎么会在这种地方转来转去呢？”

被称为小史郎，这个少年似乎异常开心。他乐呵呵地笑着说：

“我一直在监视这栋公寓呢，想着总有一天能见到姐姐。我觉得姐姐肯定会和那位舅舅联系。所以不管等多少个晚上，不管失败多少次，我依然没有失望，坚持在那里守候。结果今天晚上终于如愿了……我真是太开心了。”

这个像天真无邪的孩子一样欢快的少年，果真如堀井敬三所说，常常把女人玩弄于股掌之间吗？

“小史郎，你见到我之后打算做什么呢？”

“我吗？我其实一直爱慕姐姐呢，因为姐姐太漂亮了。”

又一阵令人作呕的寒意蹿过背脊。

“是吗，谢谢。对了，小史郎，你这是准备把我带到哪儿去啊？”

“我们先去江户川公寓好不好？”

“江户川公寓？”

我的心猛地一颤。

“嗯，是啊。我现在和海伦同居呢。玛丽和志贺雷藏不是都死了嘛，所以海伦叫我跟她住在一起。现在都已经十一点了，海伦应该也从浅草回来了。总之，我们先去那儿看看吧。好不好？”

如果我说不愿意，不知道会是怎样的下场。古坂史郎的胳膊像门闩一样，紧紧地夹住我的胳膊。

真可谓才脱虎口，又入狼窝。就这样，我再次步入血海。但是回过头来想想，这件事让我们距三首塔更近了一步。

从公寓出来的男人

堀井敬三料想得果然没错，古坂史郎也是个老手。

从池袋上了出租车之后，古坂史郎并没有让车直接开到江户川公寓。我们在饭田桥下了车，他带我走进厚生年金医院前面那条昏暗的巷子。

“姐姐，我还真是非常感谢你呢。”

“为什么？”

“听说姐姐你那天晚上就在公寓里。我和海伦一块儿回去的事，你应该知道吧？”

他似乎对我没作答并不介意，接着说：“尽管如此，你却没有把我的事告诉任何人，对于这一点，我非常感谢。当然话说回来，姐姐你也不可能去警察那里报告的。呵呵呵。”

听到这句刺耳的话，我第一次理解了堀井敬三的警告。

别看他故意装得女人般柔弱娇媚，却不是个容易对付的角色。

敏感的古坂史郎立即觉察到了我的不快。“对不起哦，姐姐，我说的话听上去像讽刺……但我绝对没有这种意思……”

“没关系。只是，小史郎……”

“什么？”

“海伦恐怕已经从浅草回来了，对不对？我和你单独出现，她会很不乐意吧？”

“她应该回来了。都快十一点半了嘛。”

“海伦看到我，不知道会说什么……”

“她能说什么？肯定非常开心啊。你们不是亲戚嘛。”

“话是那么说……可是我总有些担心。”

“我说没事就没事。海伦从来不敢对我说半个不字。”

“哎呀，为什么……小史郎对海伦这么有威力吗？”

“当然啦，呵呵呵。姐姐，要我对你实话实说吗？”

“实话实说？”

“海伦从来不敢对我说半个不字的理由是……那姑娘毒瘾重得很，而且除了我，没人能给她提供非洛滂。这下明白了吧？哈哈哈！”

听到这令人毛骨悚然的笑声，我浑身登时感到一股寒意。我无法抑制住想拨开他的手逃跑的冲动，古坂史郎也早就预料到了。他的右臂像老虎钳似的死死挽住我的左胳膊，仿佛注入了千钧之力。

“海伦啊，离了非洛滂一天都活不下去哦。都是她之前的金主志贺雷藏让她沦落到这种地步。不光是海伦，死了的玛丽也没两样。换句话说，志贺雷藏为了能随心所欲地操控海伦和玛丽，把她们调教成了那副德行。玛丽不用说，海伦只要是为了非洛滂什么都干。所以非洛滂的提供者就是海伦的主人。她目前就是我的奴隶。明白了吧？”

一阵刺骨的寒意再次蹿过背脊，我禁不住打了个寒战。啊，原来这个少年不单是个色狼，他比堀井敬三想象的还要可怕。而且，现在的我也无法逃离他的魔掌。

我努力让自己镇定下来。既然逃不出这个恶魔的掌心，至少要利用跟他在一起的时间，多少打探出他究竟是何居心。

“小史郎为什么对海伦那么感兴趣呢？”

“姐姐，这个你应该心里有数吧。妈妈……你知道吧，就是 BON BON 的老板娘岛原明美。我是那个人的情人……其实是宠物啦。可妈妈被杀了，于是我开始接近海伦和玛丽，毕竟上百亿元的遗产对谁都有不可阻挡的诱惑力嘛。我呢，想和佐竹家族的每一个人都建立友好的关系，尤其是女士们。呀，我们终于到江户川公寓了。”

走近曾被志贺雷藏拐骗来过的江户川公寓的侧门时，我的双腿不由得颤抖起来。现在挽着我的胳膊的，是比志贺雷藏有过之而无不及的恶魔。

古坂史郎当然注意到了我的异样，但他并不理会。我吓得浑身颤抖，说不定反倒增加了他施虐的快感。他看上去十分惬意地哼着曼波舞的曲调。当我们走到距离侧门十来米的地方时，门内急匆匆地出来一个男人，正要往这边走，但看到我们便立刻转身向对面走去。

“咦？”古坂史郎停住脚步，疑惑不解地目送着那人远去的背影。

“你认识他吗？”

“呃，根本没看清长什么样，不确定认不认识。姐姐你看到他的脸了吗？”

“没有，我也没看到……”

“真是个奇怪的家伙。”

古坂史郎似乎仍旧耿耿于怀，一直目送着那人的背影，直到他拐过对面的街角。“算了，不管他了。姐姐，我们走吧。”

来到我上次被志贺雷藏带来过的房间前，我们发现门竟没有锁。

“瞧，准是海伦已经回来了！”

古坂史郎走进门，一边脱鞋一边喊道：“海伦，有客人哦。我带客人回来喽。”

房间内并没有回应。

“哎呀，怎么回事？不可能还在睡觉啊。姐姐，总之我们先到里面去吧。”

如今呈现在眼前的厨房，正是玛丽根岸倒下的地方。我再一次被带进了志贺雷藏口吐鲜血、受尽死神折磨的房间。

滴落的鲜血

“喂，海伦你在干吗？海伦，海伦，你在哪儿？”

古坂史郎一边贼头贼脑地环顾室内一边喊。但依旧没听见海伦的回应。

“哎呀，到底去哪儿了呢……”

看过里屋后，还是没找到海伦的身影。古坂史郎带着些许不安的神色说：“姐姐，你先在这里稍等会儿，我再去找找看。”

他把我丢在起居室，去了厨房。

“什么啊，原来是洗澡去了，还大开着门。这女人真是没有一点儿警惕性。”

听着古坂史郎装腔作势的话，我打开了玻璃窗，但并没想过要从三楼跳下去。正俯瞰着黑漆漆的街道，古坂史郎匆匆回来了。

“姐姐，为什么要打开窗户啊？这么冷的天……”

“啊，不知道为什么，我觉得有些闷……”

“哦，是吗，那就开着吧。但姐姐，你可千万别动从这里跳下去的念头哟。哈哈哈。”

古坂史郎笑嘻嘻地从橱柜里拿出两三瓶洋酒，开始用调酒器调酒。我不动声色地打量着起居室。

起居室的摆设跟我上次来的时候相比几乎没有什么改变，只是角落里多了一只中型皮箱。从皮箱侧面的姓名缩写字母 S · F 来看，毫无疑问是古坂史郎的。[①] 他应该就是提着这只皮箱和非洛滂来到海伦住处的吧。

古坂史郎往两个酒杯里倒上酒。“姐姐，你尝尝看。我在 BON BON 酒吧里学过调酒，非常拿手哦。”

“不，我就算了。”

“哎呀，有什么关系呢，这酒度数很低的。”

“不，我真的不想喝……”

“别这样嘛。”古坂史郎准备把酒送到我的嘴边。

“求求你饶了我吧。”

我本打算若无其事地推开他的手，但或许是用力过猛，史郎手里的杯子一晃，酒刷地泼到了他脸上。

“混账！”

顿时，古坂史郎的脸上闪过一道紫色的闪电，此前撒娇的表情踪影全无，残忍的烈焰忽地在瞳孔里燃烧起来。

“臭娘儿们！”

他措辞陡然一变，从梳妆台的抽屉里拿出一把闪闪发亮的西式剃刀。

“给我老老实实把酒喝了！我本想柔声细语地跟你说话的。喝了我手上这杯酒，不管男人还是女人都会春心荡漾，到时候我绝对会最大限度地满足你。可这样一来就没办法了。好了，姐姐，到这儿来，要以暴力相威胁，真不好意思。快过来跟我一起睡吧。”

---

①古坂史郎的罗马字母拼写是 SHIROU FURUSAKA。

古坂史郎用左手试着剃刀的锋利程度，一边歪着嘴露出冷笑，凶残的眼睛闪着光……这不是恶魔是什么？何况他年纪轻轻，又拥有女人一般的美貌，更加令人毛骨悚然。

“小史郎，求你饶了我吧……”

“现在道歉也没用了。哈哈哈。你刚才问海伦回来怎么办？我告诉你，她一向不在意这种事。玛丽和海伦都是被志贺雷藏左拥右抱，共度良宵的嘛。有了伙伴，她肯定开心得不得了。好了，姐姐，来呀，乖，到这儿来。你已经不是处女了吧？”

古坂史郎单手拿着剃刀一步步靠近我。我朝窗户旁边倒退了几步，爬上放在那里的椅子，骑到窗棂上，把一条腿搭到外面。这时，古坂史郎首次注意到了我身上穿的紧身衣。

“哟，姐姐，你竟然穿着这么不可思议的衣服，紧身衣哦。”

他走到我身边，冷不丁一把抓住我的腿。

“啊，小史郎！”

他毫不客气地掀起了我的裙子。

“哈哈哈，这可真是笑死人了。姐姐，你为什么要穿这种东西呢？哈哈哈，难道是想万一有突发情况，立即脱掉套装化身黑衣女贼？看来不能小瞧了你啊。”

古坂史郎白皙柔软的手指像讨厌的昆虫一样在我的腿上爬来爬去，而且逐渐向上移动。

我朝窗外看了看。如果从这里跳下去，就算命能捡回来，也绝对免不了受伤。受伤倒也罢了，我最怕被扭送到警察局。

我绝望地环视室内，喉咙深处突然迸发出一声笛膜破裂般的尖叫。

“啊！”

“姐姐，你喊什么啊？”

古坂史郎恶毒地笑着，仰视我的脸。当注意到我的视线牢牢锁定在房间中的某处时，他似乎大吃一惊，也朝那个方向转过头——他看到了。红色的液体正从衣柜柜门下方吧嗒吧嗒地滴落……

刹那间，古坂史郎也呆若木鸡，僵立在原地。但他很快便大摇大摆地走到衣柜前，握住把手，猛地打开柜门。只听扑通一声，里面滚出一具尸体，胸前直挺挺地插着一把匕首。那不是别人，正是海伦根岸。

左右命运的电话

或许由于从衣柜里滚出来时受到撞击，尸体的伤口扩大，鲜血汩汩地流出来，在地板上可怕地蔓延成一片。

“混账！”弯着腰探身打量尸体的古坂史郎冷不丁朝我扭过头，双眼射出凶暴的目光。

“是被掐死的。用手……你看海伦喉咙这儿……大概担心她缓过神来，又补上了致命的一刀。混账！混账！”

古坂史郎揪着自己的头发，气呼呼地伸着舌头，像野兽似的在房间内不停地走来走去。不知为何，我感觉他这副模样十分怪异，比死去的海伦还要恐怖。

忽然，古坂史郎在尸体的头边站定。“是那个家伙，一定是那个家伙！我们刚才在门口碰到的那个人。准是那个家伙杀了海伦！”

我也这么认为，点头赞同，无意间与古坂史郎四目相对。假如果真如此，这是目前为止从未在任何人面前现身的杀戮者的首次露面，尽管只留下了轮廓。我禁不住害怕得缩成一团。

古坂史郎似乎在盘算什么，执拗地紧抓我的视线不放，咬着自己的指甲。忽然，他嘴角浮出一抹冷笑，跳过尸体向我扑来。

“啊，你要干什么……”

“好了，不要怕，姐姐。我就是再坏，也不可能在尸体面前跟你亲热呀。接下来呢，我得请你帮我看会儿家，可不要想着逃跑哦。”

古坂史郎看起来柔弱，却不知哪儿来的一股强劲力量，紧紧抱住我之后，他麻利地脱掉我的大衣，又开始扒我的套装。

“啊，求你饶了我吧……”

“别怕，我只是想脱得你只剩下紧身衣。”

两人拉拉扯扯间，套装也被撕破了。我可怜兮兮地只剩紧身衣蔽体。

“哈哈哈，这身打扮就哪儿也去不了了。姐姐，就帮我看会儿家吧。替我守好这具尸体。”

古坂史郎把手中的套装揉成一团，丢进衣柜，然后从隔壁的卧室拿来海伦脱掉的衣服，同样丢进衣柜，关门上锁。

“哈哈，姐姐，这下你就无法踏出这间屋子半步了。我去去就回，你在这里看家。”

“你……你要去哪儿？”

“当然是叫我的同伴来呀。事情来得太突然，我想破脑袋也没想出主意。把同伴叫来，我们商量下善后对策。姐姐，你给我乖乖看家。事情闹大了对你我可都没有好处哦。”

说完，古坂史郎就撇下我，匆匆忙忙地出了房间。不用说，他把大门锁上了。

在这间连暖气都没有的冷飕飕的屋子里，只有尸体和身上只穿一件紧身衣的我，无论身体还是心里的温度，全都降到了冰点。我暂且到隔壁房间拿了条毛毯裹住身体，而后将精疲力竭、几近虚脱的自己投进安乐椅。

海伦根岸惨不忍睹的尸体就横躺在眼前。越不想看，我的视线越不由自主地移向那边。

海伦死不瞑目。失去光泽的两只眼睛像玻璃球一样，从下面瞪着我。嘴唇微微张开，隐约露出发黑的舌头。不过说来说去，最可怕的还属留在她纤细颈部的两个拇指印。我到现在才隐约意识到，这起案件的凶手简直是惨无人道的魔鬼。想到这里，我冰冷的身体不禁瑟瑟发抖。

正左思右想，隔壁房间响起了刺耳的铃声。这声音太过突然，我不禁尖叫着跳了起来。但发觉那是电话的铃声，我顿时欣喜若狂。

电话放在这个房间和厨房之间的狭窄空隙中。我飞跑过去，刚要拿起电话，立马回过神缩回手。

电话铃声依旧在响个没完没了。在这间躺着死人的寂静屋子里，这持续的铃声毫不留情地威胁着我。

对方终于放弃，铃声停下了。我努力克制着焦躁不安的心情，一秒、两秒……过了一会儿，我才拿起话筒。

“喂，请接外线。”

“哎呀，根岸小姐，原来你在呀。刚才有电话打进来。”

“不好意思，我刚才不方便接……”

一接通外线，我立即用颤抖的手指转动拨号盘。堀井敬三的三个藏身处中，有一个位于早稻田的鹤卷町。那儿的电话号码和堀井敬三所用的化名都清晰地烙印在我脑子里。

没过多久，电话那头传来一个女人的声音。

“喂，是鹤卷餐厅吗？请问平林启吉先生在不在？”

对方会如何回答呢？我的胸口怦怦直跳，整颗心都快从喉咙里蹦出来，急促的呼吸声清晰入耳。我的命运完全寄托在这一通电话上。

“请问您贵姓？”

“啊，音祢……请告诉他我是音……祢……”

“啊！”女人低低地叫了一声，随后语速快了些，“请您稍等，我立刻为您转接。”

他在！堀井敬三……我的泪水开始止不住地往外涌。

“音祢！音祢！”

电话那头传来一个男人几近疯狂的呼喊。听到那个声音的刹那，怀念的感觉让我差点儿抽噎，一时语塞。

“音祢！音祢！你现在在哪儿？你不知道我有多担心你！我……我……”

堀井敬三似乎也难以抑制亢奋的心情，这反而让我平静下来。

“亲爱的，亲爱的，请你冷静一下。仔细听好我说的话。目前我被关在江户川公寓海伦根岸的家里。大门上了锁，而且我身上只有紧身衣，出不去。房间里只有海伦的……”

“海伦的什么？”

“海伦的尸体和我……”

“海伦的尸体？好了，不用解释了，详细情况你回头再告诉我。然后呢？”

“古坂史郎眼下把我关在这里，叫他的同伙去了。在他回来之前，你赶紧来救我……”

“好，我知道了。你只穿着紧身衣？”

“嗯。”

“而且大门上了锁？”

“我也觉得这很棘手……”

“说什么呢，小菜一碟。音祢，我现在马上过去。你要振作。来，献上我的吻。”

话筒里传来深情的吻声，紧接着电话咔嚓一声挂断了。我的眼泪夺眶而出。

同伙三人

和堀井敬三联系上，不，不，光是听到他的声音，我的身体就恢复了活力。

难道要无所事事地待在这里等他来营救？不行，迷迷糊糊地思前想后，极度的不安让我心乱如麻。古坂史郎和他的同伙要是比堀井敬三早一步来……

即便是为了消除这种不安的情绪，我也必须做点儿什么。我不经意瞥见了放在房间角落里的古坂史郎的中型皮箱。对了，我先看看里面装着什么吧！或许可以查到他的一些底细。

正要打开皮箱，我忍不住倒吸了一口凉气。不知怎么回事，皮箱的锁坏了，我不费吹灰之力就打开了破旧的箱盖。

皮箱里几乎没放什么东西。带来的内衣之类大概都已经放进海伦的衣柜了，粗制滥造的纸盒里塞满了装过非洛滂的试管，剩下的就是旧围巾和手套之类，还有一台相当高级的照相机。

我再次仔仔细细地翻了一遍皮箱内部，发现箱盖夹层的口袋里有一个牛皮纸信封。信封开口处被撕得乱七八糟，里面好像放着照片。

心底禁不住涌起些许罪恶感，但我很快把这种念头驱散。拿出照片的瞬间，我如遭五雷轰顶。

啊，这不是三首塔的照片吗?!

这张照片和堀井敬三给我看的那张不同，但照的毫无疑问是同一座塔。

古坂史郎竟然握有三首塔的照片！啊，这个男人原来不单是个色狼，也不单是个掘金者。他虽然不是佐竹家族的成员，但肯定和此次的事件关系重大。

我的心怦怦直跳，几乎要从胸口里蹦出来。我用颤抖的手指取出另一张照片，霎时遭受到更加可怕的打击，浑身抖个不停。

照片上是三颗头颅，就像被安置在佛坛上……我回忆起堀井敬三对我说过的话，立刻察觉它们是用木头雕刻而成的。

中间的那位似乎是三个人当中最年长的，约莫三十五岁，梳着顶髻。左右两位看上去二十五六岁，都剪着明治初年书生风格的蓬松短发。

我把照片翻过来一看，再次屏住了呼吸。上面写着三颗头颅主人的名字，从右到左分别是佐竹玄藏、武内大贰和高头省三。

啊，那正中间的就是被玄藏老先生杀死的武内大贰，左边则是遭嫁祸而被斩首的高头省三，即堀井敬三或称高头五郎的祖先了？他确实和堀井敬三长得有几分相似。

我屏气凝神，盯着这张不祥的照片，好一会儿才猛然回过神，翻过三首塔的照片看了看。

瞬间，喜悦之情迅速从脚尖冲到了脑门。啊，上面写的不正是三首塔的所在地吗？那座塔真正的名字叫“莲花供养塔”，位于播州。

时隔许久之后终于联系到堀井敬三，紧接着又获悉了三首塔的所在地，这一连串的幸运事件让我不由得重新燃起希望。这些事应该多少会让我的命运发生转机吧。

只是此时我也发现，两张照片中三首塔全景的那张看上去好像年代非常久远，画面也严重泛黄。与此相对，三颗头颅的那张却没有那么陈旧。两张照片似乎并非由同一相机拍摄。

然而，当时我并没有太在意这个问题，依然沉浸在发现两张照片的震撼中。古坂史郎也好，堀井敬三也罢，全都被我暂时抛到了脑后。就在这时，门铃突然短暂地响了一阵。我赶紧把照片丢回原处，跑向玄关。古坂史郎不可能按门铃。

“亲爱的，是你吗？”

“音祢？”

“嗯，是我。你赶快进来吧！”

“好。那些家伙还没回来？”

“嗯，但不确定他们什么时候回来。你抓紧时间吧。”

“好！”

门锁咔嚓咔嚓地响了片刻，随着啪的一声，大门打开，一名男子飞奔进来。我禁不住瞪大了双眼。

来人既不是堀井敬三，也不是山口明，而是个陌生男子。他从额头到下巴一圈圈地缠满了绷带，吊着左臂，右手提着旅行箱。

“音祢，音祢！是我啊！是我！快来亲亲我。”

“啊，亲爱的，是你吗？真的是你吗？可是你怎么会缠着绷带？”

“这件事我改天再慢慢告诉你。音祢！”

“亲爱的！”

久别重逢，我们紧紧地拥抱在一起，激烈地吮吸彼此的嘴唇。随后他吻去我眼中溢出的泪水。

“好了，音祢，现在不是抱头痛哭的时候。这只旅行箱里装着衣服，你用最快的速度穿上。对了，海伦的尸体呢……”

“在对面的起居室里。”

我们俩手牵手跑到起居室。在堀井敬三检查海伦尸体的空当，我提着旅行箱跑进隔壁的卧室，开始麻利地换衣服。

“亲爱的，你怎么受伤了？”

“那天晚上，就是参加宴会那晚，为了逃脱警察的追捕，我从二楼跳了下来，但撞到要害部位昏了过去。幸亏百合子机灵，让她丈夫去了那附近，才把我救下，转移到别处避风头。我昏迷了足足三天三夜。而等我好不容易清醒过来，却发现你下落不明。你不知道我当时有多担心。”

听完这番话，我心里充满了深深的感动。堀井敬三的胳膊断了一条。既然如此，这个只有一条胳膊听使唤的男人应该无法用双手掐住海伦的脖子。所以关于海伦遇害这件事，他绝对是清白的。

如果这一连串的杀人案都是同一凶手所为，那这个男人肯定不是凶手。

前往三首塔

我换好衣服，提着装有紧身衣的旅行箱从卧室走了出来。堀井敬三仍旧跪在海伦的尸体旁。

“亲爱的，你发现什么了吗？”从卧室出来时，我看到他匆忙把一件东西装进了口袋，于是忍不住开口问道。

“没有，没什么……如果你准备好了，我们就出发吧！”

“嗯，你再稍等一下。”我从古坂史郎的皮箱里拿出刚才的照片，放进旅行箱。

“那是什么东西？”

“没什么，等会儿我再告诉你。我们快走吧！那个人要是回来就麻烦了。”

我们走出房间带上门，咔嚓咔嚓地捣鼓了一阵，才终于听到啪的上锁声。

“哈哈，做得这么漂亮，他准会大吃一惊。明明上着锁，你却不翼而飞。他肯定觉得不可思议。”

这种时候堀井敬三还能如此镇定，确实可靠。我挽着他的右胳膊走下楼梯。

很幸运，我们离开公寓的时候没碰到任何人。走出门口，我们选择了通向大曲的路。正打算沿着江户川前进时，对面驶来一辆汽车，而且停了下来。堀井敬三见状，立即把我拽进了旁边的巷子。

我听到汽车关门的声音，紧接着两三个人急匆匆地朝这边走来。

“那由香利你打电话的时候没有人接喽。”

是古坂史郎的声音。听到由香利这个名字时，我心里顿时涌出一阵厌恶到反胃的感觉。

“嗯。但说不定我打电话的时候，你和那个女人还没回来。”

“不，这不可能。你打电话的时间应该在我跑出来之后。”

“那也有可能是她吓得没敢接电话。”

“我说，史郎。”是另一个低沉而洪亮的男声，“你把那个女人强行弄到这里，打算怎么处置？难道是想左拥右抱海伦和她，来个通吃？”

“嘿嘿嘿。”

“嘿嘿什么。你的本事可是令我刮目相看。连这个由香利不都被你驯得服服帖帖嘛。”

“哎呀，讨厌啦。爸爸，你说什么呀……”

“哈哈哈，有什么关系。你们俩多般配。俗话说得好，悍妇配恶霸嘛。不过，由香利。”

“怎么了，爸爸？”

“你和史郎热火朝天倒是没关系，可不许冷落了我这个老爸哟。我不会妨碍你们的好事，只求你们时不时地施舍我一点儿。史郎，我也提前拜托你啦。”

“啊，没问题。我们三个要同甘共苦。对吧，由香利？”

尽管他们把声音压得很低，但由于夜深人静，三个人的谈话仍可以听得一清二楚。

啊，古坂史郎叫来的同伙原来是鬼头庄七和他的养女兼情妇佐竹由香利。俗话说得好，物以类聚，人以群分，他们真是一群好搭档。我搭在堀井敬三胳膊上的手心里已全是汗水。

“怎么了，音祢？这下你终于看清由香利这个姑娘的真面目了吧？”

“嗯……”

等他们三个走过去之后，我们沿着江户川向前走去，在离大曲稍微有段距离的地方停着一辆车。我坐上副驾驶座，当堀井敬三转动方向盘时，我再次热泪盈眶。

就这样，在鹤卷町的鹤卷餐厅安顿下来后，那里二楼的两个房间又成了我们共浴爱河的乐园。我们聊了在黑市掮客的宴会上分离后发生的一切。他首先为我的平安归来倾诉了内心的欢喜之情，又说了自己后来的遭遇。关于这点，前面也略有提及，当晚他身受重伤，以致行动不便。

久别重逢，在我们互相祝贺对方平安无事后，终于得以相拥入眠。不用说，我们再次几近疯狂地陷入爱的沼泽。

自那晚以后，我开始在这个餐厅的二楼隐居。其间，我又发现了一件奇怪的事情。

这家餐厅的老板娘名叫富子，同样曾被高头五郎玩弄之后随手抛弃。当她自暴自弃时，黑市老板平林启吉忽然现身。他不仅救下富子，还将这家餐厅交给她打理。富子并没有发现平林先生就是高头五郎，侍奉起平林启吉来有如侍奉神灵。

富子前前后后的遭遇与打理赤坂车库的百合子的经历别无二致。难道堀井敬三另外一处藏身所里也有境遇跟百合子和富子类似的女人？

啊，堀井敬三到底是活菩萨还是大恶人？

这个问题暂且搁置一边，总而言之，我们在鹤卷餐厅的二楼度过了新年。尽管堀井敬三的头部和左臂负了重伤，但到一月底就完全康复，头部的绷带也拆了下来。

直到那时，我才将私藏已久的三首塔的照片拿给他看。考虑到太早拿出来，必定会令身体尚未复原的他心绪不宁，我一直只字未提。

看到照片背面的地址，堀井敬三欣喜若狂。这从那晚他给我的激烈拥抱中也能体会到。

“音祢、音祢，谢谢你！这下我们或许就有救了！”

隔了两天，二月一日的早上，我们就离开东京，踏上了寻找三首塔之旅。

儿时的记忆

我终于抵达了可以远眺三首塔的黄昏岭。

那个时候的所思所想，正如故事开头描述的那样。

凄凉的浅灰色森林与树丛的背景前，一座不祥的三层宝塔兀然耸立。望见这番景象，我的心仿佛暴风骤雨中的小船般剧烈地漂摇颠簸。啊，我以前来过这座塔。被母亲，还有一位不知姓名的老人领着……

热烈地拥吻过后，激情的风暴终于平息。为避人耳目，我们在枯草上坐了下来，茫然若失地久久遥望着三首塔。

“音祢，”隔了很长时间，堀井敬三在我耳边柔声唤道，“想起来了吗？你以前来过这座塔，对不对？”

“嗯。”

“什么时候？”

“大概五六岁吧。”

“和谁一起？”

“母亲，还有一位不知从哪儿来的陌生老爷爷……”

“那是玄藏吧？”

“有可能。但母亲好像非常怕他。”

“这不难理解，毕竟他是个逃亡中的杀人犯。那么，关于这座三首塔，你有没有想起什么？”

“嗯，只想到一件很奇怪的事……”

“很奇怪的事？”

“是的……即便现在这样闭上眼，那件事依旧能清清楚楚地浮现在脑海中。在塔里的某个房间内，母亲和玄藏老先生相对而坐，我则拘谨地坐在母亲身旁。我们的面前摆着一幅金线织花锦缎裱褙的画卷。那上面空无一物。玄藏老先生让我在上面按下手掌印。”

“你按了，是吗？”

“嗯。我非常害怕，但母亲让我按……忘记是用红印泥还是墨汁了，反正母亲帮我涂满了手掌。我记得把两只手的手掌印还有十根手指的指纹一个个仔细地按到了画卷上。”

“你此前有没有对其他人说过这件事？”

“没有，从未对任何人说起……因为母亲千叮咛万嘱咐，这件事千万不能告诉别人。何况长大之后，我总感觉当时发生的一切如梦如幻，难以想象是现实……”

“你那时候特地和母亲一起从东京来这儿吗？”

“我觉得应该是。虽然记不太清楚了……”

“那时你父亲在哪里？他爽快地同意你们跟玄藏出来吗？”

“对了，那时父亲不在家。刚好是发生卢沟桥事件的那年，他应征入伍了。”

“卢沟桥事件发生于昭和十二年，那你就是六岁。你是昭和七年十一月八日出生的，对不对？”

“没错。你知道得很清楚嘛。”

“除此以外，你对其他事情就没有印象了吗？”

“嗯。我只记得按掌印……唯独这件事一清二楚地留在记忆中。至于那前后发生的事，就像被围在团团浓雾中。”

“你母亲是在你十三岁的时候过世的吧？关于这件事，她有没有留下遗言之类？”

“没有，她没留下只言片语。她大概没料到自己会在那时离世吧。”

“哦，是吗。据说那之后过了半年，你父亲也去世了。他也什么都没有交代吗？”

“父亲恐怕对这件事一无所知。假如知道，他也应该交代给上杉伯父了。”

“难道你母亲对你父亲也没透露任何情况？”

“大概是。即便那个叫玄藏的老先生和母亲之间有什么约定，也是一些不着边际的话，而且他又有那种不堪的过去，在佐竹家族里，他的名字还是个禁忌。”

“音祢！”堀井敬三突然回过头，眼睛里闪烁着异样的光芒，“你对这件事怎么看？就是玄藏让你按手掌印和指纹的事……”

“如今我终于明白这件事的意义了。指纹这种东西一辈子都不会改变。而且，我听说绝对不可能有两个人拥有同样的指纹。所以，日后我的身份肯定不会混淆……亲爱的，你觉得是不是这样？”

“那是当然。换句话说，玄藏提前采取措施，防范自己中意的人选宫本音祢出现冒牌货或者替身。对了，音祢。”

“什么事？”

“你别以为玄藏对你那么费心，对另一位中意的人选高头俊作就不那么谨慎了。其实跟你一样，他也带着高头俊作去了那座塔，让高头俊作在那幅画卷上按下了两只手的手掌印和十根手指的指纹。而且，那幅按了你们指纹的画卷如今依旧放在三首塔内的某个地方。我们无论如何也要把画卷弄到手！”

堀井敬三的语气越来越强烈，似乎难以抑制住高涨的情绪，他腾地一下从枯草丛中站起身。

“亲爱的、亲爱的，你准备拿那幅画卷做什么？”

但堀井敬三并没有回答我的问题，他一把将我抱进怀里，使劲儿吮吸着我的嘴唇。他发疯似的紧紧搂住我，嘴唇燃烧般火热。

后来，我们挽着胳膊返回来时的路。在到达目的地之前，必须进行慎重的侦查——这是堀井敬三的意思。

莲花供养塔

在距三首塔所在的黄昏村不到两公里的地方，有一处颇具乡土气息的温泉疗养地，名叫“鹭之汤”。

那里刚好位于播州平原的尽头。山阳线自不必说，离从姬路往津山去的支线也相当遥远。不管开车到哪个车站，都要花费一个小时以上，是个位于偏僻深山里的小村落。

我们从姬津线的某个车站搭上公共汽车，但一路上过了一座山又是一座山，从小在城市长大的我甚至怀疑这种深山里怎么可能住人，心里不禁有些不安。

在鹭之汤卸下行装的时候，堀井敬三谎称自己是大阪人，在旅店的登记簿上写下了“古桥启一及妻子达子”，并宣称自己是未来的西洋画家，妻子达子的目标则是成为作家。

要说乔装打扮，自然是堀井敬三的拿手好戏，他把自己打扮得颇有未来画家的风范，还操一口流利的大阪腔。我也有一套。虽然复杂的会话不行，但大概是受宝塚学生的影响，学校里曾流行过一段时间的大阪腔，我也会说些简单的大阪话。

就这样，为了不让旅店的工作人员对我们的身份起疑，我们装成了一对来自大阪的西洋画家夫妇。我觉得堀井敬三选择冒充西洋画家实在太合适了。如果是画家，即便在三首塔附近晃来晃去，或者想以塔为对象进行写生，都不值得大惊小怪。

我们初次远眺三首塔的那天晚上，堀井敬三逮住给我们送晚餐的女服务员，若无其事地打探起情况来。

“这位姐姐，你叫什么呀？”

“我叫阿清。”

“哦，阿清，好名字啊。对了，阿清，这里真安静，难道没有其他客人吗？本以为现在是农闲时节，肯定人满为患，真是出乎意料。”

“是啊，前不久还住得满满当当的。后来不是过新年嘛，大家一下子全都回家了。等过完新年，大概生意会好些……”

“各地的旅客蜂拥而至吗？”

“那倒不会。不管怎么说，毕竟现在通货紧缩，市场不景气嘛。恐怕不会跟以前似的了。大阪怎么样，还景气吗？”

“唉，也不行。走到哪儿听到的都是倒闭破产的消息。纺织啦金融啦，哪个行业都很糟糕，一派萧条啊。”

我默默地动着筷子，拼命憋着不让自己笑出来。堀井敬三掉着饭粒侃侃而谈，怎么看都像个性格坚毅又露骨的关西人。

“话说回来，老爷您可真好啊，还能和漂亮的太太一起来泡泡温泉、作作画什么的。”

“啊，老爷子留了点儿财产，虽然也不能大手大脚。我们尽量找花销少的地方，才找到这儿来了。说起来，阿清，我家这位太太，可非常了不起哦。”

“太太非常了不起？”

“她在写小说呢。”

“真的吗？”

看到我不由得满脸通红，堀井敬三故意戏弄人似的，嬉皮笑脸地说：“虽然在写小说，还是个不成熟的新人，但前途光明啊。她想找个清静的地方，完成现在正在写的稿子，我们才到这儿来啦。我算是个跟班啊。”

啊，原来他知道我一直在记录事情的经过……开始动笔是从江户川公寓虎口脱险，躲进鹤卷町鹤卷餐厅的二楼之后。随着头部与手臂的伤势逐渐痊愈，他外出的时间越来越多。为了打发独守空房的寂寞，我便一直在写这起说不清道不明的恐怖事件的前后经过，并将稿子带到了旅店，想着如果可能，在这里将那些零零碎碎的东西整理出来……堀井敬三竟然知道这件事。料想他没看里面的内容，要是看了，真不知道他露出的是怎样的表情。毕竟我在记录中一直称他为坏蛋、恶魔……

但女服务员并不知道这些，她惊讶地瞪大双眼。“太太写的是什么样的小说呢？”

“这个嘛，阿清，我也不清楚啊，她就是不肯给我看。但大致的内容我用脚指头也猜得到，肯定把我写得一无是处呗。”

“哎呀，哈哈哈哈……”

“你别笑啊，阿清。我可是全心全意为我太太服务呢。她动不动就骂我坏蛋、坏蛋的，真是冤枉啊。”

“啊，竟有这种事……真的吗，太太？”

“这种话题我看还是打住吧。提到小说，我太太会很不好意思呢。对了阿清，这么偏僻的乡下，像我们这种好奇的城里人经常来吗？”

“这个嘛……来得不多。”

“那最近呢？听说这儿还有家叫‘鹤之汤’的温泉旅店，对吧？那边有没有城里来的客人？”

堀井敬三打听的是古坂史郎和他的同伙。他认为发现三首塔的照片丢失，古坂史郎一定会提前来这里埋伏。

“嗯……最近没听说从城里来过客人。怎么了？”

“没什么。我从明天开始打算出去写生，但立起画架，一看就是城里来的，很不好意思啊。作画水平又不怎么样。”

“哦……老爷，您已经看上哪个地方了吗？”

“嗯，刚才我和太太去散步，发现那边有座奇怪的塔。哎，那是干什么的啊？”

“啊，那是莲花供养塔。”

“原来叫莲花供养塔……我想以后面的山丘为背景画那座塔，不会挨谁的骂吧？”

“那倒不会……”

“那座塔里有人住吗？”

“住着一个五十五六岁的和尚，叫法然。原本还有个年轻的弟子，一年多以前不知道去哪儿了。”

“那座塔有什么来头吗？立在那种莫名其妙的地方，吓了我们一大跳。”

“城里来的客人都那么说呢。听说那儿过去是刑场。哎，您看对面，有个小镇吧？叫川崎。现在离铁道线远，所以萧条了，以前可是堂堂的城下町，相当繁华呢。到了明治年间，听说附近的鸟之巢山出了银矿，采矿的抢着去，镇子曾经风光一时。银山梦落空后，铁路又没从那里经过，川崎便逐渐没落了。但在城下町时代，现在盖着莲花供养塔的地方是个刑场。后来到了昭和年间，有个古怪的人物出了笔钱，在那里建了那么一座塔。考虑到寺院的经费来源，还置办了一片相当大的田地。不过战后农地改革，田地也基本被没收了。法然和尚也不容易。供养塔日渐没落，年轻弟子又逃走了，他就当起了隐士……您去那儿写生是没关系，可别惹法然和尚。他是个性情乖戾的老家伙。”

根据阿清不问自答说出的一大堆话，我们多少掌握了三首塔的一些近况。

法然和尚

截至“莲花供养塔”一节，是我在鹭之汤旅店里整理好的、在事件期间见缝插针记录的一些情况。

那时候，我隐约有种预感——在三首塔里或许会发生什么。而且假如自己遭遇不测，我希望有人知道这个叫宫本音祢的可怜女人曾经如何颠沛流离。出于这种心愿，我才尽可能毫无保留地将自己的心路历程记录到了今天。换句话说，我原本把这当成遗书来写。

尽管有过这样的打算，如今我仍好好地活在世上。现在那个噩梦般的事件终于落下帷幕，我再次拾起笔来。

说心里话，我其实不想写后来发生的事。继续写下去，对我来说太过残酷。而迫使我做这么残酷的事情的，不是别人，正是金田一耕助。

金田一耕助对我这么说：“难得写到了这里，怎能有头无尾，半途而废？而且，你不觉得对那个人也不公平吗？”

金田一耕助说得没错。即便是为自己的不明事理表达歉意，我也必须将这份记录写到最后大团圆的结局。所以，虽然动不动就陷入情绪的低谷，我还是鼓足勇气，坚持写下后来的经过。

我们到达鹭之汤的第二天风和日丽，堀井敬三一大早就带着画架和画布出了门。临走之前他说：“太太，不好意思，你能帮我送个便当来吗？今天这么暖和，我们一起在草地上吃便当好不好？”

“好。我给你送到哪儿去呢？”

我用蹩脚的大阪腔问道。因为阿清就在我们旁边。

“啊，我会在那座莲花供养塔附近。阿清，不好意思，能麻烦你带太太过去吗？”

“嗯，好啊。中午的时候我陪太太给您送便当。”

“那就拜托你了。”

等堀井敬三离开后，我便关在房间里继续写“小说”。一来可以避开阿清充满好奇的目光，二来也是整理自己的“遗书”。

十一点多，阿清拿着便当来叫我，我把稿子随手扔进行李箱，上锁后跟她出了门。一路上，阿清絮絮叨叨地对我们夫妻间的关系问东问西。未来画家和新秀女作家的组合大大激起了她的好奇心。

对于她连珠炮似的发问，我必须尽量装出腼腆新媳妇的样子。除了是或者不是，我很少回应，担心自己的大阪腔露出破绽。

走到昨天和堀井敬三一起到过的黄昏岭，阿清告诉我：“啊，老爷在那儿呢。”

果不其然，在离三首塔百十来米远的地方，堀井敬三架起了画架，正优哉游哉地挥动着画笔。他旁边站着一位身穿黑衣、看样子像个和尚的人，戴着僧人和老人常用的形似浅砂锅的头巾，拄着拐杖。

“那位是谁？难道是法然师父？”

“没错没错。既然法然师父在，那我要先回去了。”

“哎呀，怎么啦……”

“我上次惹得他大发雷霆呢……太太，便当就交给您了。”

阿清把便当硬塞给我，就逃也似的回去了。我一个人朝堀井敬三走去。听到脚步声，两人回过头。

“啊，达子，辛苦你了。阿清怎么没一块儿来？”

“阿清陪我走到那儿，先回去了。”

“她是怕我吧。”

“哦，对了，达子，这位是法然师父。我们已经很熟了。法然师父，这就是我刚才跟你提到的内人达子。”

“初次见面，请多关照……”我低头致意。

法然这个厚颜无耻的老家伙目不转睛地盯着我的脸说：“哎呀呀，真是位绝代佳人，怪不得先生对你赞不绝口呢。啊，失礼了，我是法然。”

法然肌肤光滑细嫩，看上去与年龄不符，白色的胡须一直垂到胸前，剃得光溜溜的头上包着头巾。

“法然师父，可不敢这样开玩笑。内人涉世未深，单纯得很。”

“呀，抱歉，抱歉。对了，太太，你先生画技真好啊。他的画肯定卖得很好吧……”

听到法然的话，我漫不经心地朝堀井敬三身后的画布看去。瞬间，我忍不住倒吸了一口凉气。

画布上，那座三首塔的草图有模有样，已经快要完成了。

恐怖面影

对我而言，堀井敬三再次成了一个谜。

自从那天以后，他几乎每天都前往三首塔附近，坚持不懈地作画。随着日子一天天过去，画布上郁特里罗[①]风格的沉静风景画也逐渐完成。我把这些看在眼里，抑制不住内心的骚动。

“亲爱的，你学过绘画吗？”

来到这里大约两周后的某个晚上，聊着枕边话时，我忍不住问道。

“没有，也不算学过。我从小就喜欢画画，有一段时间甚至梦想做画师呢。”

“你喜欢郁特里罗吗？”

“哈哈哈，看出来啦？我倒也不是刻意模仿他，但一画寒冬的萧瑟景色就会不自觉地画成他的风格，而一画盛夏的风景，又会变成梵高的风格。哈哈哈。对了，音祢，你的小说写得怎么样了？”

“我的小说暂时告一段落了，接下来还不知道如何发展……”

“嗯，我觉得好戏还在后头呢。”堀井敬三严肃地说，又忽然想起什么似的，“对了对了，音祢，法然师父说明天带我参观三首塔，还让我带你一起去。你也去吧？”

听到他的话，不知为什么，我胸中咯噔了一下。

“这么说，我们终于能进入三首塔了？”

“嗯，那个老家伙很难缠，我花了两周的时间讨好他呢。”

“亲爱的，你知道那幅画卷的下落了吗？”

“这个还不知道。所以你也要尽量讨他的欢心，让我能早日自由出入那座塔。好不好？”

“嗯。”

“很奇怪，我探过法然师父的口风，古坂史郎似乎还没有采取任

①莫里斯·郁特里罗（1883－1955），法国风景画家，多画巴黎近郊古老的冷街僻巷景物。

何行动。照片不见了，难道那个家伙还没发现？”

“亲爱的，你觉得古坂史郎发现照片遗失，会来这里埋伏吗？”

“这还用说，他看上去可不是个死脑筋。”

“那个人到底是什么来历啊？他应该不是佐竹家族的一员吧，怎么会有三首塔的照片呢？”

“谁知道呢。大概进塔里看看就清楚了，在那之前还无法回答。”

第二天中午过后，堀井敬三就带着我向三首塔出发了。在塔外等候的法然与往常一样，仍旧包着头巾。

连日来的好天气似乎走上了下坡路。这天阴云密布，寒冷刺骨。

“法然师父，好冷啊。”

“是啊，好久都没遇上这么冷的天了。太太，欢迎欢迎，我来带路。”

二战结束之后，塔内年久失修，到处充斥着陈旧破败的气息。而且由于采光不佳，又恰巧阴天，更显阴森可怕。

“这样看不见，你们稍等，我去拿灯来。”

法然似乎住在塔后面的方丈里，没过多久，他就拿来一盏点着蜡烛、带把手的老式烛台。

“哈哈，这下更有参观古塔的氛围了。”

“正殿比较暗。先生，太太，请走这边。我先带你们参观正殿。”

脱掉鞋子步入正殿，地板的凉气立即从袜底蹿至全身。穿过带台阶的走廊，走过格棂上悬窗外，我们来到一间大约十二叠的铺了榻榻米的房间。其中一面安有格子门窗，里边的明灯闪闪烁烁，摇曳不定。

“这儿就是正殿了。不知你们有没有听说过，正殿里供奉着三颗头颅。”

“三颗头颅……”堀井敬三故意夸张地吸了口气，“师父，你别吓我们啊。这里可有一位胆小的妇人。”

“哈哈哈，抱歉抱歉。说是头颅，其实不是真的，都是用木头雕出来的。”

“那还可以接受……你冷不丁说到人头，连我这个大男人都吓了一大跳呢。好端端地为什么要供奉那种东西呢？”

“具体缘由我待会儿再告诉你们。总而言之，因为这三颗头颅，这座塔才被人称为三首塔。”

一阵咔嚓咔嚓的响声过后，硕大的挂锁打开了。法然主动走在前面，进入正殿。堀井敬三催促着犹豫不决的我，自己也穿过格子门。别无选择，我只得跟在他们身后走了进去。

三面都是墙的正殿内比格子门外更暗，我们甚至无法看清彼此的面容。三盏长明灯的灯芯滋滋地燃烧着，凄清孤寂，仿佛能摄人心魄。我不由自主地缩了缩肩膀。

“你们看，那就是刚才说的三颗头颅。”

法然举起手中的烛台，光线落在三颗乌黑发亮的木雕头颅上。摆放的顺序和我在古坂史郎的皮箱里发现的照片完全相同，从右到左依次是佐竹玄藏、武内大贰和高头省三。

这三颗头颅栩栩如生，远比照片上更有真实感，我不禁胆战心惊。就在这时，堀井敬三凑到我耳边低语道：“那个……你好好看看中间那颗头颅，不觉得和某人很像吗？”

经他这么一提醒，我再次仔细审视武内大贰的脸。突然间，我感到一股电流迅速蹿过全身。

光看照片还没那么真切，看了实物才发现，古坂史郎和武内大贰的脸竟然就像一个模子里刻出来的！

青铜之蛇

“古桥先生，你说什么？”

法然高举烛台，仰视着堀井敬三的脸问。

“啊，没什么……”

就连向来大胆的堀井敬三也为这个显而易见的启示露出些微不安，声音卡在了喉咙里。

“跟你们说吧，右边这个叫佐竹玄藏的男人杀了中间的武内大贰。关于原因，听说与银山有关。”

法然把烛台放到佛坛上，开始咕咕哝哝地小声说起来。

“据说佐竹玄藏是个大富豪家的少爷，上了采矿的工匠武内大贰的大当，与至交高头省三共同出资，着手开采不可能挖到银子的银矿。最终，佐竹玄藏赔得身无分文，才察觉自己被武内大贰骗了。他怒不可遏，挥起日本刀砍掉了武内大贰的头。尽管年纪轻轻，佐竹玄藏还真是敢作敢为。”

法然顿了顿，又接着说：“杀人凶手佐竹玄藏逃之夭夭，至今依然去向不明，传言他已经逃到了国外。再说杀害武内大贰的罪名，不知吹的什么风，竟落到了共同出资人高头省三的头上。高头省三同样是欺诈事件的受害者，当然也非常憎恨武内大贰，而且据说他也很有能力。反正那个时候，在那样的政治形势下，高头省三成了杀害武内大贰的凶手，到了难逃一死的境地。最终，高头省三被不容分说地逮捕，几经严刑拷打，无奈承认了不存在的罪名，而后遭斩首。当时斩首的刑场就在这里。古桥先生，你现在所站的地方，刚好是清洗首级的井口呢。”

“啊！”

堀井敬三大喊一声，吓得正要慌忙躲开——

“嘿嘿，已经太晚了！”

倚靠着佛坛的法然忽然背着手开始咔嚓咔嚓地开锁。没等我反应过来，堀井敬三便从我眼前消失了踪影，只留下“啊、啊、啊——”的悲鸣。

面对眼前这突如其来的状况，我一时之间还没明白发生了什么事，只是愕然凝视着脚旁裂开的四方形洞口。我紧接着发疯般爬到洞口的边缘。伸手不见五指的深邃洞穴底部传来东西撕裂的声音，紧接着是扑通一声钝响，之后便什么动静都没有了，只剩下锥子般的冰冷寒风由洞底吹上来。

“亲爱的……啊……亲爱的……”

我声嘶力竭地呼喊着。失去堀井敬三的绝望与悲伤使我忘记了一切，无论是恐惧，还是正朝自己逼近的危险。

“亲爱的……亲爱的……”

法然从后面拼命抱住疯狂呼喊的我。

“哎呀，太太，你可不能跳下去。”

这个人究竟是谁？我当时压根儿没考虑这个问题。不管他是什么人，致使堀井敬三跌入洞中都是不争的事实。而且在这漆黑的洞底，堀井敬三还生死未卜。

“亲爱的……亲爱的，你没事吧……”

我紧紧抓住洞口的边缘，竭尽全力哭喊时，后面传来一个耳熟的声音。

“啊，别让那个女人跳下去！”

我惊讶地回过头，映入眼帘的身影令人绝望。

在格子门外冷笑的不正是古坂史郎和由香利吗？由香利的背后还站着鬼头庄七。啊，堀井敬三担忧的情况到底还是发生了，古坂史郎的魔掌已经伸到了这里。

“小史郎，你还对那个女人恋恋不舍吗？法然师父，别磨蹭了，赶紧把她也推下去！”

啊，这种话是出自楚楚可怜的由香利之口吗?!

“不要！不要啊！师父，不能杀那个女人！”

古坂史郎神情紧张，急于从格子门冲进来，由香利却使劲儿往回拽他的胳膊。

“呵呵呵，用情还很深嘛。但我是不会让你得逞的。师父，你还在磨蹭什么啊！那个女人可是你的情敌。快把她推下去！”

由香利说的话很奇怪，我完全听不懂。但反剪着我两条胳膊的法然听到她的话似乎吃了一惊，原本拼命抱着我的双臂刹那间力量尽失。我趁机挣开了他的手。

“亲爱的！”

我大喊一声，纵身跳进漆黑的洞穴……

不知过了多久，伴随着雨点儿般洒落的热吻，黑暗中传来一迭声轻轻的呼唤。

“音祢……音祢……”

我猛地惊醒过来，发觉自己躺在一个男人健壮的臂弯里。

“啊，亲爱的，是你吗？是你吗？”

“嗯，是我。音祢，是我啊。”

“亲爱的！亲爱的！”

黑暗中，我们发疯般紧紧相拥。两人都用尽全身的力气，身体靠得不能再近。而且我深切地体会到，不管在什么地方，和堀井敬三在一起都无比幸福。他怜爱地抚摸着我的头，问：“音祢，你有没有伤到哪里？”

“没有，我哪里也没觉得疼。”

“是吗，那真是太好了，看来我接得不赖呢。音祢，你也是被老和尚推下来的吗？”

“不是，是我自己跳下来的。与其受那种人的摆布，我宁愿和你一起赴死。”

“你说的那种人是指……”

“古坂史郎和佐竹由香利……还有鬼头庄七。哦，对了，亲爱的，你受伤了吗？”

我的手心感觉到黏黏糊糊的液体，身体不由自主地向后缩了一下。

“嗯。掉下来的时候我曾抓住一个东西，但不知是折断了还是怎么的，我又继续往下掉。当时左肩被划破了，但没什么大碍。”

“不行啊，这样会血流不止的。好了，我先用围巾帮你包扎一下吧。亲爱的，你有没有带火柴？”

“哦，对了，我大衣口袋里有手电筒……”

我摸索着，果然找到了手电筒。试着按下开关，手电筒啪的一下亮了。

“亲爱的，把上衣脱掉。”

“嗯，好。”

堀井敬三脱去外套，衬衫上已满是鲜血，湿漉漉的。衬衫脱到一半时，他健壮的左臂上露出一个宽厚的青铜臂环。臂环是盘成涡状的蛇形，不管何时何地，他都不会把它摘下，连我也不让碰。

“亲爱的，不行啊，这个臂环非摘下来不可……”

“好，音祢，你摘下来吧。但在此之前，你得先亲亲我。”

堀井敬三的眼睛温柔地笑着。我吻了吻他的双眼和嘴唇，然后轻轻地摘下臂环。肩部流下的血早已把臂环下面染红了。

我用围巾擦去血水，竟看到了这样的刺青：

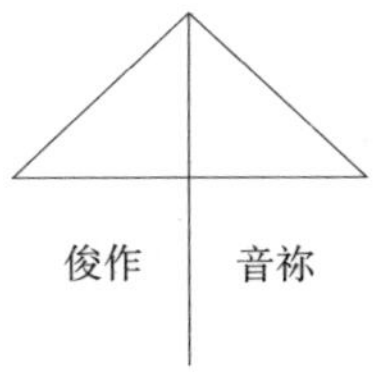

井底

发现堀井敬三左臂上的刺青时，我的震惊程度简直无法言喻。

在国际饭店被杀的那名男子的左臂上，我曾见过一模一样的刺青。同样的刺青又出现在堀井敬三的左臂上，这究竟是怎么回事？

啊，我明白了！堀井敬三说不定是他被杀害的堂兄的替身，打算和我结婚，再霸占那笔莫大的遗产。不对，不对，这不可能。高头俊作遇害一事，黑川律师也非常清楚。事到如今，没有道理再扮演什么替身。而且，堀井敬三那充满自信的眼神是那样温柔……

我茫然地来回看着刺青和堀井敬三的脸，脑子里成百上千的火花杂乱无章地四处纷飞。

“亲爱的……”我深吸一口气，才问道，“这个刺青是怎么回事？”

然而，话音未落。

“危险！”

堀井敬三大喊，用强壮的手臂猛地把我抱进怀里。紧接着便听到咚的一声巨响，腌菜石那么大的石头在我背后掉落下来。

“音祢，关掉手电筒。”

啊，原来是这样。他们对着手电筒的光亮投下了腌菜石。我慌忙关掉手电筒，在黑暗中不顾一切地抱住堀井敬三。

随后又接二连三地落下几块大石头。幸亏井底一侧有个大窟窿，在我神志不清的时候，堀井敬三把我拖到里面，所以上面投下的石头并没有砸中我们。尽管如此，在黑暗中听到石头与石头碰撞的声音，我的背脊还是不由得作痛，紧靠在堀井敬三怀里的身体不停地冒着冷汗。

大石头又连着落下三四块，停下后，上面传来吧嗒一声像是关上盖子的声音。大概是那些坏蛋把井口封起来了。

堀井敬三抱着我挪了挪膝盖，朝井口的方向望了望。

“音祢，已经没事了。你赶紧帮我包扎伤口吧。”

“亲爱的，可以打开手电筒了吗？”

“嗯，没问题了。”

打开手电筒一看，井底滚着五六块大石头。

"刚才可真危险啊。"

这种时候他还能镇定自若，露着雪白的牙齿笑出来，我从来没有比现在更强烈地感受到他的可靠。

我动作麻利地包扎伤口。

"亲爱的。"我提心吊胆地抬头看着他的脸，"这个刺青究竟是怎么回事？"

"噢，这个我马上告诉你。谢谢。包扎完就把手电筒关掉吧，一来摸黑也能说话，二来我们必须节约电量。好了，到这儿来，我抱着你。"

"嗯。"

堀井敬三把我抱到腿上，一边温柔地抚摸我的头发一边说："音祢，你到现在还没有发现吗？"

"没有发现什么？"

"我才是真正的高头俊作……"

堀井敬三尽量以平静的口吻说道，但没有哪句话比这句更能震撼我的灵魂了。我感到自己的呼吸仿佛都停止了。由于惊讶过度，我许久都没能说出一句话。

"音祢，音祢。"堀井敬三用力抱紧我，"你为什么沉默不语？怎么不对我说点儿什么？"

"亲爱的，亲爱的。"

我脑子里乱成一团，不知道该说什么好。

"那在国际饭店被杀的人是……"

"那是我的堂弟高头五郎。叔父心怀鬼胎，在我小时候就将我和堂弟对调了名字和身份。事情的经过待会儿我再跟你细说。在此之前，有件事情我一定要让你知道。你相信我说的话吧？”

“嗯……”

我努力不让自己抽噎。

“谢谢。其实，我并不是你想象的那种坏蛋。因为从事地下买卖，我在方方面面都颇有人缘。而且，音祢。”

“嗯。”

“除了你，我没有其他女人。对我来说，你是我的第一个女人，也是最后一个。这点你一定要相信我。”

“亲爱的……”

不知不觉间我早已热泪盈眶，泪水顺着衬衫一直流到了堀井敬三的胸膛上。

他温柔地抚摸着我的头发，接着说：“我这么说，你肯定想，赤坂的百合子和鹤卷餐厅的富子是怎么回事……”

“不。我明白了。玩弄她们的是你的堂弟，对吗？”

“嗯，音祢，你终于明白了。我堂弟是个大坏蛋。平时他自称高头俊作，只有干坏事的时候才报上自己的真名高头五郎。善后的工作当然都是由我来做。”

“亲爱的，对不起。之前我怎么就没发现呢。”

泪水止不住往外涌，但它们融化了长久以来一直折磨着我的芥蒂。

“但你为什么不早点儿告诉我呢？”

“抱歉，抱歉，音祢。可是，谁也不想送死吧。”

“送死……”

“是啊。你看我的堂弟，刚说自己是高头俊作，立刻招来杀身之祸。而且凶手一个晚上就杀了三个人祭旗，还丝毫未露出马脚，真是太恐怖了。凶手既然不乐意看到高头俊作活在这个世上，我如果声称遇害的不是高头俊作，而是高头俊作的堂弟高头五郎，自己才是真正的高头俊作，你猜会怎样？自然会成为凶手的目标。我既不是卑鄙无耻之徒，也不是胆小鬼，但所谓明枪易躲，暗箭难防，只要还不知道凶手的真面目，就无从防范。所以，我决定暂时隐瞒身份，当一个旁观者。但这样一来，我唯独放心不下的就是音祢你的安危。你明白吗，我的良苦用心……”

愉快的暴露

我感到身体发热，呼吸也急促起来。

躺在堀井敬三的臂弯里，我的身心都要融化了。啊，这个人不是大坏蛋。他才是黑川律师给我看的照片上那个莫名令我胸中小鹿乱撞的少年。之前我怎么一直没察觉呢？

然而，我是个女人。女人总是“诡计多端”。即便全身心都沉浸在幸福的海洋里，我仍然没有忘记装傻。

“明白什么呀？”

“哈哈哈，你这个狡猾的家伙，明明什么都知道。”

堀井敬三紧紧地抱住我，蹭着我的脸颊。

“我啊，在国际饭店遇到你的时候，就立刻认出你来了。因为在黑川律师那儿工作，我很早就知道你了。那天晚上你实在太美了，让我意乱情迷。而且那时候你还目送我的背影离去。音祢，黑川律师给你看过我小时候的照片吧？难道你当时没有从我身上看到，留在你潜意识里的那张照片上的男孩的影子？”

对，没错，所以我才做出那么失礼的举动。但即便是这件事，如今看来也是一个美丽的错误。我在堀井敬三的胸前点点头。

“那件事……就是你目送我离去的事，莫名地撩拨着我的心。而且，后来我意识到一件非常严重的事。”

“什么事？”

“就是高头俊作的死。即便那是个冒牌货，但大家都认为高头俊作死了，你就从和他的婚约中解放了。高头俊作一死，我不知道遗嘱内容会如何变更，但不管怎么说，你太漂亮了。何况你也已经从学校毕业，到了适婚年龄，说不定什么时候就会有人上门提亲。想到这个，我就感到百爪挠心。我决不允许任何人从我手中把你夺走！我下定决心，无论如何你都得是我的人。所以我才会使用那种非常手段，你还在为那时候的事生我的气吗？”

“人家不知道！”

我把脸使劲儿埋在堀井敬三胸前，像个小孩似的跟他撒娇。我的身体还在发烫，越是克制，呼吸越是急促。

“没想到那时候轻而易举就让你顺从了我。”

“不知道！人家不知道！你坏死了！”

我攥起拳头捶着堀井敬三的胸膛，身心却陶醉在漫无边际的幸福中。啊，我并没有把自己交给一个错误的男人。他是我该选择的男人。

“那么，你已经不再为那件事生气了，对吗？”

“亲爱的……我好高兴。”

“谢谢你，音祢。”

堀井敬三拨开我额头上汗湿的发丝，温柔地吻了吻，接着说：“我们两个的结合方式虽然与众不同，但我们是天造地设的一对。这点你一定要牢牢记住。”

“亲爱的……”

“嗯？”

“我真开心。百合子和富子都跟你没有任何瓜葛，对不对？”

“音祢，我向你保证，也可以对神起誓。除了你，我没有别的女人。但是音祢，你没有问题吧？”

“什么没有问题？”

“志贺雷藏和古坂史郎啊。”

“不知道！”

我闹起别扭，想甩开堀井敬三。他却更加用力地抱住我不放。

“对不起，对不起。音祢，在黑市中间商的宴会上看丢你之后的那几天，你不知道我简直生不如死，尝尽了地狱的苦啊。”

“亲爱的，请你相信我。他们要是动了我一根汗毛，我现在就不可能这么高兴地让你抱着我了。”

黑暗中，我们热烈地吮吸着彼此的嘴唇，过了许久许久。

我娇声问堀井敬三：“可是，亲爱的……你为什么不早点儿告诉我，你就是高头俊作呢？我又不会告诉任何人。”

“音祢，其实我怕你不相信我。我身上没有一样东西可以证明自己就是高头俊作。叔父早已察觉我将来会继承巨额遗产，于是在他儿子高头五郎的左臂刺上了跟我相同的刺青，非常巧妙地互换了我和五郎的身份。我从小父母双亡，跟随叔父长大，对他的命令从来不敢违背。叔父抱着我和五郎两个孩子，从我的故乡仓敷迁居到大阪。自那以后，我便成了高头五郎，堂弟则成了高头俊作。所以根本没有人能证明我才是真正的高头俊作。除了唯一的一项证据……”

“什么证据？”

“就是掌印和指纹。音祢，我上次不是已经告诉过你了吗？高头俊作也被带到这座塔里，按下了掌印和指纹……”

“啊，亲爱的，这么说你也……”

“没错。我被带到这座塔里，毫无疑问在你之后。如同你说过的，我只要闭上眼睛，也能回想起当时的情景。我和玄藏坐在明亮的方丈里。那时玄藏大概快八十岁了。他留着长长的白发，胡子垂到胸前，身穿西装，坐得端端正正。记得我好像是十岁还是十一岁，穿着带铜纽扣的学生服。我们两个人的面前是一幅摊开的金线织花锦缎画卷，上面有两个状如枫叶的可爱掌印，周围分别按着十个指纹。后来，玄藏让我也在画卷上按下两个掌印和指纹，还拿出一个像是正上幼儿园的可爱女孩的照片给我看，说只要我在上面按下掌印，将来就可以娶这个可爱的女孩做新娘，我们两个都能变成大富翁。当时我还是个小孩，对财产根本没兴趣，但觉得照片上的女孩太可爱了。即便以孩童天真的想法，我也希望自己将来能娶这个可爱的女孩当新娘，便兴高采烈地按下了掌印和指纹。那时候，我问玄藏小女孩的名字。他告诉我，叫宫本音祢……”

堀井敬三说到这里舒了口气，接着说：“尽管如此，我并不知道三首塔在什么地方。因为我坐汽车被从仓敷带到这里时，一路上都蒙着眼睛。恐怕玄藏那时候就在防范我叔父吧。”

恶鬼

“亲爱的，那画卷在这座塔里吗？”

“嗯，应该在。当时玄藏对我说：‘这幅画卷非常重要，我把它藏在这座塔里，有朝一日或许会给你派上用场……’他当时就在担心出现冒牌货了。”

“这么说只要把画卷弄到手，就能证明你是高头俊作了，对不对？”

“是的。再没有比指纹更可靠的身份证明了。玄藏清清楚楚地写着‘高头俊作的掌印和指纹’，而且在同一幅画卷的同一张纸上也有你的掌印和指纹。没有比这更可靠的证据了。”

啊，假如堀井敬三真是高头俊作，他岂不是完全没有杀人的必要？只要找到玄藏老先生藏起来的画卷，证明自己是高头俊作，和我结婚，他就能继承玄藏老先生的遗产。

这个发现让我放下心来，无比欣喜。因为到目前为止，我经历了太多腥风血雨，动不动就容易对堀井敬三起疑。

我躺在男人的腿上，像躺在舒适的摇篮里。忽然，一股强烈的不安始料不及地从心底涌了上来。

“亲爱的，那幅画卷会不会落到古坂史郎的手里？”

“音祢，要是那样，我也束手无策了。但我觉得古坂史郎不可能知道画卷的事。”

“可那个人是武内大贰的……”

“嗯，他肯定是武内大贰的孙子。刚才见到武内大贰的头像时，我就觉得古坂史郎长得跟他非常像。古坂史郎肯定是武内润伍的儿子。”

“武内润伍是玄藏老先生带到美国准备培养成遗产继承人的那位吗？”

“没错。黑川律师不是说过吗，玄藏为了赎过去犯下的罪，准备将财产留给自己亲手杀死的武内大贰的子孙。但武内润伍是个软硬不吃的人物，玄藏只能给他绝交费，把他赶回了日本。听说这事发生在昭和五年。假如武内润伍回到日本后就结婚生子，那孩子刚好是古坂史郎的年龄。但玄藏带着我按掌印和指纹是在昭和十二年，也就是他和武内润伍恩断义绝七年以后。玄藏怎么会把这天大的事情告诉自己厌恶到绝交的人？哪怕是回到日本，遇上武内润伍……所以说，武内润伍都不知道的事情，他儿子古坂史郎更不可能知道了。”

“你说的确实句句在理。”

我也多少松了口气。

“但是，古坂史郎握有三首塔的照片，那毫无疑问是他父亲武内润伍拍的。武内润伍应该知道玄藏回到日本，建了这座供养塔的事。或者他遇到玄藏，打听过遗产继承的问题……于是，武内润伍的儿子古坂史郎继承了他父亲的遗愿，开始接触佐竹家的后代。他父亲是出于复仇的心理，古坂史郎却是色欲熏心。”

“那武内润伍呢？”

“恐怕已经死了吧，到现在一次都没出现过疑似的人。虽说大约三年前，玄藏收到过武内润伍寄的恐吓信。至于他是在寄信后死了，还是那封信根本就是古坂史郎假借他的名义写的，都不是重点。即便武内润伍死了，他的意志，或者恶鬼，依然会在古坂史郎的灵魂里重生。说不定比起武内润伍本人，古坂史郎有过之而无不及呢。”

我完全赞成堀井敬三的想法。上次在江户川公寓里，古坂史郎单手拿着剃刀向我步步逼近时，那表情简直像魔鬼般恐怖。

“亲爱的，如此看来，这一系列的杀人案都是古坂史郎干的吗？”

“目前还无法下结论，这次的案件非常复杂。”

“难道不是古坂史郎？”

“古坂史郎确实心狠手辣，紧急关头杀人的事他不是干不出来。但话说回来，他不仅有完美的不在场证明，我也怀疑他是否具备有条不紊地实施连环谋杀行动的能力。此次系列杀人案的凶手，一定是更加善于处世的大人物。”

可是，我回想了一下自己周围的人，并不存在这种大人物。堀井敬三指的难道是建彦舅舅？

“亲爱的，那这个‘大人物’究竟是谁呢？”

“呃，这个正是我近期想调查的。我们先不谈这个了，先在这井里探探险吧。音祢，你起来。”

不知为何，堀井敬三闪烁其词，对我的问题避而不答。但我丝毫没留意，老老实实地站起身。

这么说诸位读者恐怕不相信，之前我并没有真实地感觉到自己被困井底的处境。

堀井敬三镇静自若的态度让我非常安心。既然和他在一起，我绝对能化险为夷……不知从什么时候起，我开始对这个男人迷信般无条件地信赖。再加上刚才听到他那番真情告白，我早已欣喜若狂，忘记了身处何地。

然而，当堀井敬三打开手电筒，再次查看周围的环境时，我如梦初醒，一股无法言喻的不安立即向我袭来。

啊，我们俩能活着离开这里吗？

井底

正如刚才描述过的，我们所处的地方在井底一个不到两米宽的窟窿里。窟窿恰好像碗口横放并切掉下半部分后的形状。为什么会形成这么个窟窿，原因不明，但多亏了它，我们才得以不被大石头砸中。

井壁裸露着红褐色的黏土，不断有水滴吧嗒吧嗒落下，不过井底并没有积水，似乎都从某处渗进地下了。

“别看现在这样，以前也是真正的水井啊。可能是地震导致地层发生变化，井水才枯竭了。倒是多亏了这个，我们才免于一死……”

堀井敬三一边说，一边咚咚地敲击着井壁。

“亲爱的，你在干什么呢？”

“小说里不是经常有这样的情节嘛，枯井的井底有条秘密逃生通道什么的。但太可恶了，这口井里没设计那么不切实际的机关。”

堀井敬三说得没错。我也试着敲了敲周围的井壁，除了滞重的声响，再没有其他回音。

“别敲了，音祢，再敲也是徒劳。这只是口单纯的枯井，我们的活路有且只有一条，就是刚才我们被推下来的正殿里那个井口。”

堀井敬三从窟窿里走出来，将手电筒往上照，光线根本无法到达井口的盖子。

“亲爱的，这口井大约有多深？”

“呃……大概有三十米吧。我根据刚才掉下来时的感觉判断……”

“那我们竟然没有受伤。”

“嗯。我是掉到一半时抓到了东西。你看那个。”

堀井敬三把手电筒往下照，只见散落在井底的腌菜石下压着些乱七八糟梯子似的东西。仔细一看，那是已经腐烂的木梯。

“我不顾一切地抓着那玩意儿。后来听到嘎吱嘎吱断裂的声音，我下意识地四处乱抓，和梯子一起跌下来。肩膀就是在那个时候受了伤。”

用手电筒向上照了照，离井底约十米的头顶上方的井壁上耷拉着一截折断的梯子。

按此推测，应该是在这里变成枯井之后，有人在井壁上架设了梯子。说不定井底的这个窟窿也是为了储藏东西才挖的。但这个窟窿似乎从很久以前起就不再使用，梯子也无人问津，任其腐烂。

想到这里，我不由得打了个寒战。如果没有那把梯子，后果简直不堪设想。直接从井口跌到井底，体重再轻的人恐怕也无法幸免于难。而且，如果不是堀井敬三灵巧地接住我，我也必定当场粉身碎骨，这时候恐怕正和堀井敬三渡冥河呢。

我借手电筒的光试着目测，从头顶到垂下来的梯子下端足足有十米远。即便我们俩的身高加在一起，也绝对不可能够到。更何况梯子破烂到那种地步，连一个人的重量都承受不起。

我再次泄了气。

堀井敬三默不作声地量了量井的直径。这口井相当宽，即便他躺下伸开双臂，也不及井的直径。要是伸开双臂能够到，他估计打算四肢伸展成桥梁的形状向上攀爬。

清楚无误地知道这条路也行不通，暂时没有了逃出去的指望，堀井敬三轻轻晃了晃肩膀，重新回到刚才待过的窟窿坐下。

“音祢，你也到这儿来坐吧。站在那里可很危险，说不准上面还会掉什么东西下来呢。”

“嗯。可是，亲爱的……”我挨到他身边坐下，“如果无法从这里逃出去，我们会有怎样的下场呢？”

“胡说什么呢，早晚会有人来救我们的。”

堀井敬三满不在乎地回答。

“人不是那么容易就死的。相比而言，倒是闷闷不乐、愁眉不展更耗人心力。音祢，你别太担心了。”

“没有，我一点儿也不担心。只要和你在一起，死我也心甘情愿。我是有这种心理准备才跳下来的。”

“音祢，谢谢你。”

堀井敬三又把我抱到腿上。

“音祢，我这么说不是在逞强，也不是有意安慰你。我确信早晚会有人来救我们。首先，最有可能来救我们的是鹭之汤的人。因为他们知道我们今天来这里了，而我们没有回去，他们肯定会来三首塔询问。另外……应该还有一个人知道三首塔的位置。就是在东京那边……”

“谁？到底是谁？金田一耕助？”

“不，不是金田一耕助。”

“那是谁啊？”

“杀死海伦根岸的凶手啊。”

“哎呀！”

听到这个出人意料的回答，我不禁瞪大了眼睛。

“为什么是那个凶手？”

“你不是说过吗，古坂史郎皮箱上的锁坏了……”

“啊！”

“没错吧。古坂史郎也好，其他人也罢，你觉得会把那么重要的东西放进锁坏掉的皮箱里吗？所以肯定有人在你之前把锁弄坏，查看过皮箱内的东西。那人恐怕就是杀害海伦根岸的凶手。到目前为止，我认为这种推测还是比较符合逻辑的。”

说起来，我记得那个信封的开口处也撕得破烂不堪。

“可是，亲爱的，那个人……那个凶手为什么不拿走照片呢？”

“这就是凶手比你精明的地方，或者说，凶手老谋深算。如果只把锁弄坏，古坂史郎或许会以为凶手翻过皮箱中的物品，但没发现照片，从而放下心来。”

“亲爱的，对不起。看来我不该把照片带出来。”

“没关系，没关系。你也是想让我看看三颗头颅的模样才带出来，对吧？而且，也许因为你把照片带出来，古坂史郎没发现凶手看过照片。”

“亲爱的……”

我靠在堀井敬三胸前，呼吸不自觉地急促起来。

“那你的意思是，凶手会来这里杀掉我们俩？”

堀井敬三默默地抚摸着我的后背，过了一会儿才用不知为何有些沙哑的声音回答：

“音祢，在东京那种纷繁复杂的大都市，凶手反而能神不知鬼不觉地行动。之前我就是那样。可一旦离开了东京，来到这种穷乡僻壤，有点儿风吹草动立刻就会引起别人的注意。不，按说即便其他人没发现，也会有一个人注意到这里。”

“谁？难道是……”

“金田一耕助啊。”

我猛地抬起头看着堀井敬三，他露出调皮的微笑，亲了亲我的脸颊。

“世间的事还真是讽刺啊。昨天的敌人，今天的朋友。说不定金田一耕助是我们唯一的希望呢。哈哈哈。”

哦，对啊！假如眼前的这位是货真价实的高头俊作，我们就完全没有怕金田一耕助先生的必要了。如此想来，原先觉得那么讨厌的金田一耕助先生顿时笼罩上一层光环。这真是此一时彼一时啊。

同性恋地狱

但我心中的不安并没有完全消除。

“哎，亲爱的，法然在这次的事件中扮演了什么样的角色呢？他怎么突然之间就变成了敌人？”

“不知道，我从刚才起也一直在思考这个问题……你说古坂史郎和佐竹由香利也在？”

“嗯，还有鬼头庄七。”

“鬼头庄七？那两个人为什么要把鬼头庄七带到这儿来？”

“亲爱的，难道这意味着什么？”

“你看，佐竹由香利不是有古坂史郎这个正合适的伙伴了嘛。按说应该没鬼头庄七什么事了，不需要带他来这种地方……”

“亲爱的，莫非他就是武内润伍？父子俩各自作战，分别把黑手伸向了佐竹家族？”

“哈哈哈。”

堀井敬三的喉咙深处发出一阵低沉的笑声。

“音祢，你的想法真是浪漫又有趣，可事情不是那样的。我曾经详细调查过所有相关人物的身份、来历和性格。鬼头庄七以前就是鬼头庄七。那家伙面目狰狞、体形魁梧，却胆小怕事，是个没有主见的蠢货。光看由香利那种小姑娘都能把他玩得团团转就知道了。”

“由香利和鬼头庄七是什么关系？”

“由香利的母亲在丈夫死后，带着由香利再婚。她去世以后，两人不知不觉就黏到了一起。”

我不愿意再听后续的发展了。想起他们那次下流的表演，至今我依然觉得反胃。

“所以，无论古坂史郎还是由香利，似乎都没有必要把那个男人带到这里来……不过，比这更让人费解的还要数法然。我曾经提前在这附近搜集过各种信息，他并不是个那么坏的人，怎么会被古坂史郎和由香利拉拢了呢？”

“对了，法然其实没打算把我推下来。但由香利对他说了些奇怪的话，我没弄明白是什么意思……”

“什么奇怪的话？”

“由香利说‘那个女人可是你的情敌’……”

听到这句话的瞬间，抱着我的堀井敬三忽然哆嗦了一下。他目不转睛地盯着我的脸，说：“那个女人指的是你吧？而且古坂史郎也在场？”

“嗯……”

“古坂史郎本来想怎么处置你？是不是想救你？”

“是的……所以由香利才那么说。亲爱的，由香利的话究竟是什么意思呀？”

堀井敬三一语不发地沉思了许久，才拨弄着我的头发，边发出卡在喉咙深处一般的声音：“音祢，对不起。都怪我不小心，才把你置于那么危险的境地……我应该早点儿发现这些情况才对。”

“没关系，我怎样都无所谓。能和你死在一起，我就心满意足了。对了，你说的‘这些情况’是指什么？”

“音祢，我留意古坂史郎很久了。之前也对你说过，要是那家伙发现你把照片拿走了，肯定会来这里埋伏。而且这种穷乡僻壤闯进个城里人，大家不可能不知道。”

“没错，所以呢？”

“尽管如此，我们却没从任何渠道听到古坂史郎的消息。我一直很纳闷，但找不到答案也在所难免。因为，古坂史郎那个家伙被法然藏起来了。”

“法然和古坂史郎两人之间有什么关系？”

“音祢，你还记得鹭之汤的阿清说过的话吗？她说距今大约一年前，三首塔里除了法然以外，还有一名年轻的弟子。”

“嗯。”

“那名弟子失踪以后，法然就变得非常乖戾了。”

“嗯，所以……”

“还有，音祢，古坂史郎手上握有的两张照片中，那张三首塔全景的照片和我手里的一模一样，年代相当久远。而上面是三颗头颅的照片却还很新。而且你也说过，古坂史郎的皮箱里有台照相机，对吧？”

“哎呀！那大约一年前在这里待过的年轻弟子就是……”

“联想到古坂史郎也没什么不自然。武内润伍可能在三年前往美国寄出恐吓信不久就死了。当时他大概把事情的大致经过告诉了古坂史郎。古坂史郎首次耳闻了这起错综复杂的事件，但同时也有许多不解之处。于是，他最先来到三首塔，巧言令色讨好法然，最终成了法然的弟子……这种推测很牵强吗？”

“不，不。”

我的呼吸越来越急促。

“这么说……古坂史郎就是在那个时候拍下了三颗头颅的照片？”

“没错。但事情不仅如此，当时古坂史郎……古坂史郎……”

堀井敬三似乎有些难以启齿，吞吞吐吐。

“亲爱的，”我仰望着他的脸，双手环绕在他的脖子上，“当时古坂史郎怎么了？亲爱的，你要是发现了什么，请对我和盘托出。反正都是一死，我想知道所有的事情。我可不愿意死得稀里糊涂。”

“音祢，你别老把死啊死的挂在嘴边。不到最后一刻，我们绝不能放弃希望。我现在就告诉你。”

堀井敬三吻了吻我的耳朵下面，接着说：

“音祢啊，你知道吗？男人……即便是法然那样的男人，也有可能爱上古坂史郎那种俊美的少年。而且，他们之间还会有肌肤之亲……”

瞬间，一股冰冷的寒气电流般蹿过我全身。那是伴随着前所未有的愤怒和厌恶感的战栗。

不管是多么纯洁、正直、美丽的大家闺秀，我也是成长于二战之后，对于男同性恋、女同性恋这样的词语意味着什么，还是略知一二。

在战后混乱的世态下，男人也好，女人也罢，性观念开放，丧失自律心，据说有很多人沦落为无视道德伦理的同性恋者。我也知道这种事情自古就有，《圣经·旧约》中曾有记载，在日本战国时代的武将和僧侣之间，这也司空见惯。

直到现在，我才清楚地明白了由香利话中的含意。

“师父，那个女人可是你的情敌！”

强烈的愤怒和厌恶感再次电流般蹿过全身。

虽然这起事件的关系人个个肮脏龌龊，但没有哪件事比刚才堀井敬三对我说的那番话更能引起我的厌恶。我把脸埋在他胸前，身体由于愤怒和屈辱不停地颤抖。

“啊，你也明白了吧。”

堀井敬三温柔地抚摸着我的后背。

“这种行为确实污秽不堪，违背人伦。然而，一旦陷入同性恋的地狱，就跟吸毒没有两样。和异性恋不同，对象若是同性，选择的范围就受到了限定。即便遇到了自己喜欢的类型，对方是否沉浸于同样的爱好却是个未知数。不知道法然是以前就有那样的爱好，还是被古坂史郎诱惑才陷入同性恋的地狱，总而言之，无法自拔的法然后来应该是对古坂史郎言听计从。”

“这么说，古坂史郎从法然那里打听到需要的信息后，便去了东京？”

“是的。既然法然一直在守护三首塔，肯定知道很多内情。至少知道佐竹家族的某些人……比如出于某种机缘认识了岛原明美。”

古坂史郎现在回到三首塔来了。假如法然扭曲的激情死灰复燃，再次听凭古坂史郎摆布……啊，我们岂不是死路一条了！

我表明自己的忧虑后，堀井敬三稍显严肃地说：“音祢，你不要事事都想得那么悲观。我现在终于想明白古坂史郎把鬼头庄七带到这里来的理由了。”

“什么理由？”

“或许古坂史郎并不想让法然知道他跟由香利的关系。为掩饰他们的关系，鬼头庄七才有必要存在，不是吗？古坂史郎想给法然这样的假象：由香利是鬼头庄七的情妇，和自己没有任何关系。”

“亲爱的，你的意思是……”

“所以真相败露时，古坂史郎与由香利的关系自然曝光，你想法然会做何种反应？他和古坂史郎之间的关系必定出现裂痕……因此，不到最后一秒，我们绝不能放弃希望，必须耐心等待逃脱的机会到来。”

然而我很清楚，堀井敬三这么说只是在安慰我，他不想让我失望、让我害怕。其实对我来说，这些都无所谓。

如果能和堀井敬三一起获救、结婚、继承巨额遗产，那当然是最圆满的结局。退一步说，要是能和他在这里共赴黄泉，我也毫无遗憾。我只想和这个男人在一起。只要和他在一起，不管何时何地我都感到无比幸福。

“亲爱的……亲爱的。”

突然间，我被一股激情的风暴笼罩。

“抱抱我……用你强有力的臂膀使劲儿抱住我……”

“好！”

堀井敬三关掉手电筒，在黑暗中猛地死死抱住我……就这样，在暗无天日的井底，我们开始了奇妙的爱情生活。

事情并未按堀井敬三期待的那样发展，救星迟迟没有到来。可能无法活着从这里出去的自暴自弃心理，以及井底那种黑暗异常的环境，促使我们抛弃了常人的羞耻心和修养。趁自己活着，我们尽情地吸取着彼此爱的源泉。伸手不见五指的黑暗之中，我们像两头饥饿的野兽般纠缠在一起，无法分开。

但是，即便在这种时候，堀井敬三也十分理智。他从没有忘记上手表的发条，每过一天一夜就在黏土井壁上画一道横杠。画到第三根横杠的时候，我们便被猛烈的饥饿感折磨得受不了了。

起初我们还吃井底长的苔藓充饥，后来偶尔也会将误入迷途的螃蟹压碎了吃掉。但这些东西远不足以果腹，而且这种日子不知持续到什么时候才是个头。

“音祢，人不太容易因为饥饿丧命。我曾经读到过一名男子在地底活埋了二十七天后获救的记录。对人来说，比起食物，更需要的是水和空气。幸好这里水和空气都十分充足。”堀井敬三接着说，“而且，音祢，万一到了迫不得已的时候，我会割下自己的肉给你吃。”

“我才不要……”

虽然嘴上这么说，我为他用情如此之深感到喜悦。

“亲爱的，抱着我……用你的身体温暖我的肌肤……”

“嗯，来吧……”

不可思议的是，直到那种时候，饥饿也没有熄灭我们激情的火焰。

做梦都没想到，当井壁上又增加了四条横杠时，一件不可思议的事忽然降临到了我们身边。

救命稻草

经历七天的绝食和毫无节制的情欲生活，我的身体筋疲力尽，像被榨干的柠檬一般。

我已经饿得感觉不到胃部的剧痛，终日无精打采、疲乏倦怠，昏昏欲睡的时候越来越多。能得到的鼓励和安慰唯有堀井敬三在我耳边说的轻声细语。他也饿得难受。尽管如此，他依然经常跟我说话，还不时摩挲我的手脚，帮我取暖。

刚才忘记说了，此时是二月份，但地底并没有那么寒冷，这使我们免于冻死。可随着日益加重的饥饿感，我的手脚最终像冰块似的不剩一丝热量。堀井敬三坚持不懈地揉搓着我的身体，努力让我暖和些。

当时，堀井敬三在帮我揉搓腿部，我处于精神恍惚的状态。突然间，远处传来一声类似哀号的声音，我还没反应过来是不是在做梦，就听到有东西砸到了地上。

“亲爱的……刚才是什么声音？”

“音祢，你待在这里别动。好像有人掉下来了。”

堀井敬三踉踉跄跄地走出窟窿，朝上面喊了两声，但井口的盖子已经盖上，没有任何回应。

“音祢，手电筒在你那儿吗？”

“嗯，在这里……”

堀井敬三打开近来很少使用的手电筒，用力抓起躺在地上的男人的头发，查看他的脸。随即，他发出一声虚弱却尖锐的叫声。

“啊！”

“亲爱的，是谁？”

“鬼头庄七……”

“呀！”

我摇摇晃晃地正要坐起来，堀井敬三制止了我。

“音祢，你别过来！鬼头庄七被杀了。”

“被杀了？”

“嗯，他背上插着把匕首。”

“亲爱的，他流了很多血吗？”

我半睡半醒间问了个无聊的问题，其实脑子里根本没反应过来又有人被杀了。

“所幸没有流血。匕首暂时先不拔，万一大出血就麻烦了……不过，音祢。”

“怎么了……”

“你看，我预料得没错吧。他们已经开始起内讧了，虽然目前还不清楚杀死鬼头庄七的是法然，还是古坂史郎和佐竹由香利那对狗男女。”

很久没发生异常情况了，堀井敬三的声音里多少增添了些活力，我却提不起劲儿。他说的话听起来像摇篮曲，我又开始迷迷糊糊，几乎要被睡魔征服。

就在这时，堀井敬三忽然用高兴万分的声音大喊：

“音祢！音祢！打起精神来，有吃的啦！有吃的啦！鬼头庄七给我们带来了饭团！”

唯独这件事，到现在依旧是个未解之谜。当时，鬼头庄七竟然背着六个用竹皮包裹、足足有婴儿脑袋大小的饭团。

鬼头庄七恐怕是对同党之间的决裂心生不安，也意识到自己面临生命危险，于是背叛他的狐朋狗友，打算一个人逃走。正如堀井敬三所说，鬼头庄七面目狰狞，人高马大，却胆小怕事。

他的逃跑计划恐怕被同伙察觉，才招来了杀身之祸。至于动手的是谁，到现在也没有确切的说法。

但是，从插在他后背的匕首上没发现指纹推测，能做到如此谨慎小心的，除了古坂史郎以外再无他人。

然而根据尸体的情况判断，他也有可能是在其他地方被杀，又被搬到井口扔下来。这可不是一个人能办到的事，何况鬼头庄七的块头是常人的两倍，相当庞大。假如是团伙作案，他们肯定都知道这口枯井的位置。所以，杀害鬼头庄七恐怕是古坂史郎和佐竹由香利所为，说不定法然也搭了把手。

不管怎样，鬼头庄七背来的饭团刚好解了我们的燃眉之急。可是说实话，当时我一点儿食欲也没有。

我一坦白，堀井敬三就骂道："傻瓜！大傻瓜！这样怎么行？断食之后忽然吃饭团对身体不好，但你得照我说的吃一点儿。"

堀井敬三把饭团含在嘴里，用唾液将其和成粥状，一点点地喂到我嘴里。

"哎呀，让我咽下去了。"

堀井敬三一边开着这种玩笑，一边用双手捧着躺在地上的我的脸，把粥喂到我嘴里。时隔许久之后，再次借着手电筒的光看到他的脸庞，泪水止不住地从我眼里涌出。

"亲爱的，我已经吃得够多了。"

"嗯，好吧，那先给你吃这些。一次吃太多也不好。"

"你也赶紧吃吧……"

"嗯，我也吃点儿。"

堀井敬三七天没吃东西，面容相当憔悴，胡子也长了，但调皮的瞳孔里闪耀的光辉和从前相比没有任何变化。

"亲爱的，我们肯定会得救吧？"

"一定会的。有了这些饭团，撑个三四天应该没问题。音祢，这次你可要保重身体啊。呵呵呵。"

"亲爱的，吃完把手电筒关掉吧。然后到我身边来，握着我的手……"

"嗯，好。"

多亏了鬼头庄七带来的饭团，我们明显感到渐渐恢复了活力。

没想到的是，鬼头庄七不仅帮我们解决了饥饿危机，还将救星引到了这里。那是井壁上又多出三根横杠之后的事。

握着我的手躺在我身边的堀井敬三忽然一个激灵坐起来，急急忙忙地爬到井口正下方。

“亲爱的，怎么了？”

“有光照进来，井口的盖子被人打开了。”

堀井敬三像鼹鼠般适应了黑暗，一丝微弱的光亮也感觉得到。

“喂——”

他撕心裂肺地高声喊道，接着对我说：“音祢，音祢，手电筒、打开手电筒！”

多亏了鬼头庄七的饭团，爬的力气我还是有的。堀井敬三朝上方晃动着手电筒。

“有人在井底吗？”上面传来一个声音。

“……”

“是谁啊？”

“一男一女。”

声音中断了一会儿，再次响起：“女的是不是宫本音祢？”

“是的。请问你是谁……”

“金田一耕助。”

忽然，我的眼泪夺眶而出。听到金田一耕助这个名字，我不知道自己为什么会泪流满面。或许是因为堀井敬三的预想又应验了，所以感动得流泪。我无法控制不断涌出的泪水。

“对了，你是谁？”金田一耕助先生在井口问。

“堀井敬三。”

“哦，既是堀井敬三，又是高头五郎和高头俊作，对不对？哈哈。”金田一耕助先生笑道，“对了，音祢小姐，你还好吗？”

“嗯，我很好。”

“太好了，你们等着，马上救你们出来！”

金田一耕助先生的脸从井口消失了。

“亲爱的……”

“音祢。”

我们在井底紧紧相拥。

两名绞刑执行官

接下来，我要讲一件非常不可思议的事。

至于为何说这件事不可思议，我想诸位再往后读一读就明白了。

如今回想当时的情况，能记起的事情相当多。但这些记忆中最为模糊的片断，还要数我从枯井中被救出到被带回鹭之汤旅店期间的遭遇。

得知金田一耕助先生前来营救我们，和堀井敬三相拥的刹那，我所有的紧张情绪都释放出来，接着便丧失了意识，对于后来发生的事大脑一片空白。自己是怎样被从枯井中救出来的，又是被谁带回了鹭之汤，记忆中没留下任何清晰的痕迹。而接下来我要讲述的，就是其间离奇的经历。

我也不知道自己身在何处，似乎在荒郊野外，头顶上方的星星一闪一闪地眨着眼睛。周围并非伸手不见五指，在蒙了一层薄纱般的微光中，三首塔黑幽幽的檐角鲜明地斜向天际。

我好像直接横躺在地上，却丝毫没觉得寒冷。不知道是因为身上裹着毛毯，还是当时异样的精神状态所致。

而且记忆中三首塔的风铎在微微作响，肯定是起风了。可我的脸颊一点儿也没感觉到寒气，大概也是由于当时异样的精神状态。

我身边有个圆形小碉堡似的隆起物。我不记得自己曾把头扭向那边，但不知为何，我就是知道那里有那样一栋诡异的建筑。而且我也十分清楚，小碉堡又黑又小的拱形入口有些瘆人地正对着自己。

我一直担心那个漆黑的入口会出来什么奇怪的东西，比如会有怪物之类的从里面爬出。我越想越害怕，手心直冒冷汗，但脑子里却压根儿没冒出逃走或呼喊救命的念头。

结果，从碉堡里哧溜哧溜地先后爬出两个黑影。他们悄无声息地贴近我左右两侧，俯视我的脸。

突然间，我的心脏像被人用冰冷的手紧紧攥住般热量尽失，剧烈地跳动起来。两个黑影是古坂史郎和佐竹由香利。

这到底是怎么回事？他们浑身上下沾满了黄褐色的泥土，无论脸、手脚还是身上穿的衣服……两个人的脸简直像戴着泥巴做成的黄褐色面具，脏兮兮的，连一根根睫毛上也像涂了泥巴。在他们黄褐色的面具下，只有眼睛放射着异样刺眼的光芒。

他们从我脸上抬起视线，互相对视，接着不约而同地歪了歪嘴，露出冷笑。我从未见过如此恐怖、如此邪恶的笑容。

我感到全身在不停地冒冷汗。啊，原来古坂史郎和佐竹由香利藏在这种地方！而且，他们想趁四下无人，在这里把我杀掉。必须出声求救……必须拼尽全力抵抗。

然而，我的身体仿佛被五花大绑一样动弹不得。

呼出的气息有如暴风雨般急促，狂跳的心脏几乎要冲破胸膛，别说挥动手脚了，连声音也喊不出来。

古坂史郎和佐竹由香利戴着黄褐色的面具，兴趣盎然地俯视着惊恐苦闷的我。没过多久，两人意味深长地交换了眼神，由香利拿出一件东西——竟然是条细长强韧的绳子。

由香利用同样像戴了黄褐色泥手套的手把绳子缠了个圈，套在我的脖子上。

“小史郎，你抓住那头。”

说着，她用左手抓住一头，将另一头递给古坂史郎。现在我依旧清楚地记得，由香利触摸到我的脖子与咽喉的手冰冷刺骨。

“你磨蹭什么啊！哎，快点儿抓紧！抓紧！”

由香利厉声呵斥犹豫不决的古坂史郎，冷酷得如同绞刑执行官。

我急于从这可怕的绞刑执行官二人组手心里逃脱，拼命挣扎。不，仅仅是心里那么想，身体依然像被五花大绑似的僵硬。呼出的气息狂风般回响于耳畔，唇间却发不出丝毫声音。

终于，古坂史郎用颤抖的手握紧绳子。那只手也像戴着泥手套。

“怎么了，小史郎？你发什么抖啊！真没出息！哎，你对这个女人还恋恋不舍吗？大傻瓜！你再怎么一厢情愿，这个女人也不可能属于你！最重要的是我绝不允许！给我听好了。我数一二三，你就使出全力拉绳子。我拉这边。好，明白了吗，小史郎？”

“知道啦。由香利，你啰唆死了。”

“哈哈哈，你逞什么强啊。手不是在发抖嘛！好，我开始数喽。一、二……”

“啊，糟糕！由香利，来了一大群人！”

古坂史郎慌里慌张地站起来。我听见喧嚣嘈杂的叫喊声正朝这边靠近，还有很多人的说话声。

“混账！算你走运！”

由香利不甘心地咂了咂嘴，取下套在我脖子上的绳子，卷起来塞进口袋。从粗糙的触感判断，应该是真田纽[①]。

“喂，小史郎，你还在磨蹭什么？还对这个女人不死心吗？”

“烦死人了！明明是个小姑娘，瞎吃什么醋啊！”

“别废话了，快过来！被发现就完蛋啦。”

佐竹由香利拉住古坂史郎的手，生拉硬拽地将他拖进那个漆黑的碉堡中。下一秒钟，我意识全无。

摇曳的灯笼和吵闹的人声逐渐由远及近，我慢慢苏醒过来。

这些呼喊中夹杂着我熟悉的声音。

“呀，流了这么多汗！真可怜，怕是做噩梦了吧。”

似乎是金田一耕助先生。

二人的去向

我完全清醒过来，听说是在获救的两天之后了。

朦胧混沌的状态下，我听见一个温柔而熟悉的声音。

“真可怜！憔悴成这样……”

话语里带着哭腔，这不是和蔼可亲的品子阿姨吗？啊，莫非我还在做梦？

“金田一先生，真是太谢谢你了。要不是被你发现，这孩子肯定

①一种用粗棉线编成的扁平的带子，因武将真田昌幸（1547–1611）用此裹刀柄而得名。

和那个男人活活饿死在那口枯井里了。哈哈哈，现在终于可以畅快地笑出来了……”

声如洪钟的笑声好像来自建彦舅舅。啊，这不是在做梦。一定是收到金田一耕助先生的电报，品子阿姨和建彦舅舅赶了过来。可是，上杉伯父呢？

我想张嘴说话，但浑身倦怠无力，别说开口了，连睁开眼皮的气力都没有。我只能做梦一般听着他们三人的谈话。

“不，是小姐福大命大。”

当时，我似睡非睡间听到了金田一耕助先生的话。大致的经过是这样的。

据说，把三首塔里面搜了个底朝天的金田一耕助先生起初并没有发现那口枯井，因为枯井的盖子上面还覆着一条破旧的草席。这也难怪像他那样厉害的人物都没有察觉。

但因为供奉着三颗木雕首级，正殿自然受到了金田一耕助先生的强烈关注。基于此，他在正殿内反复调查了好几次，最终发现草席附近的地板上有一丁点儿污迹。据说那斑点小得也就勉强能用肉眼看到，金田一耕助先生怀疑是血迹，干脆把草席掀开，这才发现了井口的盖子。

我一边听着这些话，一边在似梦非梦中思考。

恐怕杀害鬼头庄七的凶手及其帮凶在把尸体搬到那里，掀开草席，打开井口的盖子时，曾暂时把尸体放在地上。留下的那一丁点儿血迹竟促使金田一耕助先生掀开了草席，我们真是太幸运了，否则任谁也不会想到那种地方会有一口枯井。

可金田一耕助先生为什么会来到这个黄昏村呢？听到建彦舅舅

提出的疑问，金田一先生轻描淡写地敷衍道：“这是侦查上的机密，现阶段还不便透露。”

但我知道答案。

啊，这点堀井敬三也猜得丝毫不差。金田一先生一定是循着凶手留下的蛛丝马迹才来到这里。若非如此，无论他是多么有名的大侦探，也绝不可能发现三首塔位于这种穷乡僻壤。

难道凶手也来了?!

然而，我当时意识模糊，不可思议地并没有真切体会到恐惧。像在玩捉迷藏似的，我恍惚地听着枕边的三个人继续他们的谈话。

“对了，夫人，”过了一会儿，金田一耕助先生开口问，“上杉先生没和你们一起来吗？”

“啊，诚也受一家杂志社的委托，大概一周前去关西到九州那边巡回演讲了……主办方再三恳求，盛情难却，他只能赶了过去。对了，金田一先生……”

品子阿姨对附近的人有所顾忌似的压低声音说：“这会儿在那边接受等等力警部讯问的那位先生啊，听说跟音祢在一起来着，他究竟是什么人啊？建彦说曾在黑川律师的事务所见过他。”

“哦，那位啊，哈哈哈……”金田一耕助先生爽朗地笑道，“他可是个很有意思的人物。表面上自称堀井敬三，跟我差不多，接受别人的委托，做些调查的工作，和黑川律师他们也是用这个身份接触的。然而这只是表象，剥去伪装后，他是黑市中间商，并且有各种各样的化名和藏身之所。哈哈哈。”

“哎呀！”品子阿姨好像被吓到了，“那种人怎么会和音祢……”

“夫人，您别着急，我还没说完呢。扯下黑市中间商这身皮，他还有个让人大跌眼镜的身份哟。”

“让人大跌眼镜的身份……”

“夫人，佐竹先生，你们可别被吓晕。那位是谁呢？他就是玄藏亲自选中，要和宫本小姐结为伉俪、继承上百亿遗产的高头俊作！”

“啊！”品子阿姨和建彦舅舅不约而同地叫出声来。与此同时，走廊那边也传来低沉而尖锐的呼喊。

“谁？”

金田一耕助先生问。拉门开了。

“啊，上杉先生，您刚到吗？”

原来伯父到了。他一定是担心我的安危，特意从演讲的地方赶来。我必须起来，向他问好……

虽然这样想，但心有余而力不足，我只能怀着歉意，依旧迷迷糊糊地听着他们在我枕边的对话。

“姐夫、姐夫！”一番寒暄过后，建彦舅舅兴奋地叫道，“刚才金田一先生告诉了我们一件惊天动地的事。”

“什么惊天动地的事？”伯父出奇地平静。他肯定在走廊上听到了金田一耕助先生的话。“不，这个待会儿再说。姐姐，音祢的情况如何？她好像憔悴了不少。”

伯父的关心令我非常欣慰。可是，他为什么不能再耐心些，问问俊作的事呢？虽然在半睡半醒的状态下，我也感觉无比难过。

“嗯，医生说了，健康方面没什么可担心的，不久后应该可以恢复意识。”

“哦，是吗？对了，来这里的路上我听到各种传闻，说音祢此前好像一直跟个男人在一起，是真的吗？”

“姐夫、姐夫，我刚才要告诉你的就是这个！”建彦舅舅再次激动地说，“惊天动地的事就是……听金田一先生说，那个男人竟然是和音祢订下婚约的高头俊作！”

伯父沉默了片刻，说：“荒唐！”口气听上去不屑一顾。“高头俊作不是早在国际饭店遭人毒手了吗？”

“可是，上杉先生，那是个冒牌货。据说那家伙是高头俊作的堂弟高头五郎。小时候，高头五郎的父亲，也就是高头俊作的叔父居心不良，调换了他们两人的身份和姓名。”

“那个男人自己这么说的吗？”

“不，这是我调查得出的结果，明明白白的事实。只可惜，到现在还没找到可以清楚地证明他身份的人证或物证，所以我也正为这件事伤脑筋呢……”

“金田一先生，既然没有人证物证，还是不要草率地下结论吧……毕竟这关系到音祢的终身大事。”

我仿佛看到了伯父脸上痛苦的表情。伯父这样怀疑也理所当然，但我还是非常伤心。

“不过呢，上杉先生，这儿还有一线希望。我推测那座三首塔里啊，藏着一件可以证明那个男人是高头俊作的物品。这也是他和宫本小姐来此的起因。”

一段沉默之后，品子阿姨忽然说：“哎呀，诚也，你离开东京的时候带的那个烟盒呢？”

“姐姐，那个烟盒不知道哪里去了。”

上杉伯父弄得烟盒啪地响了一声。

“金田一先生，你说的那件物品是……”

“呃，这个我还不是很清楚。那个男人守口如瓶啊。啊，警部，怎么样了？”

“呀，上杉先生，您来了！欢迎欢迎！”

是等等力警部的声音。

“唉，还是不太清楚啊。那家伙身体还没完全恢复，不能追问得太过火。反正他人已经在我们手里，慢慢来吧。”

“对了，有没有古坂史郎和佐竹由香利的下落？”

“唔，这还是个谜呢。把鬼头庄七的尸体扔进枯井的时候，他们两个应该也在附近。五天前，我曾派人调查过这一带所有的交通工具，但根本没发现案件发生前后疑似他们的人搭乘过的蛛丝马迹。所以，他们肯定还潜伏在这附近。这两个家伙，到底藏到哪儿去了……法然那个老和尚也完全不知去向。”

啊，古坂史郎和佐竹由香利……我在心中叫喊着，再次陷入朦朦胧胧的昏睡状态。

真田组

我真正清醒过来是在当晚的后半夜。而促使我清醒过来的，是那天夜里在鹭之汤发生的骚动。正是那场骚动，支撑着弱不禁风的我迅速恢复了元气。

深夜时分，我在不同寻常的气氛中醒来。室内灯火通明，木板套窗外吵吵嚷嚷，伴随着骂骂咧咧的声音，你来我往的脚步声不绝于耳。

发生什么事了？我睁开沉重的眼皮，缓缓地抬起头，映入眼帘的是正站在走廊上说话的品子阿姨、上杉伯父和建彦舅舅。当然他们三个人都穿着睡衣，品子阿姨还在睡衣外罩了一件外褂。

“姐夫，姐姐，音祢不要紧吧？”建彦舅舅小声问。

“嗯，好像没到这边来过……建彦，听说是那个叫古坂史郎的人偷偷溜进来了？”品子阿姨的声音在颤抖。

“好像是。后门和一扇窗户开了，还留有鞋印。”

“刚才看到的晃过的人影不知是不是他。我从厕所回来，紧接着就听到乱成了一锅粥的声音……当时要是上去盘问盘问就好了。”

这是上杉伯父的声音。

“可不敢做这么危险的事。你要是有个三长两短怎么办？”品子阿姨轻声责备道，“对了，建彦，到底是什么情况？听说他被掐住了脖子，是吗？”

听到这句话，我腾地坐了起来，但他们三人依然没察觉。

“说起来啊，姐姐，虽然屋内一片漆黑，但那个男人醒了过来，奋力抵抗。因为很快有人跑了过去，凶手没得逞就落荒而逃，但下手非常狠……那人毕竟十多天没吃东西了，身体还很虚弱。”

注意到我摇摇晃晃地站起身，三个人一起朝我转过脸来。

“呀，音祢，你醒了？”

“伯父，阿姨，对不起。那个人，现在在哪儿？”

“音祢，你不能去，赶紧躺下。”

“不，伯父，让我去……我一定要去照顾他。”

“音祢！音祢！那个男人到底是你什么人？”

我从不曾见伯父平日有过这般疯狂可怕的眼神。但我毫不畏惧，直视着他的眼睛说：“他是我的丈夫。”

“你说什么！”

“伯父，对不起。”

“音祢，你再说一遍试试！你跟谁打过招呼……竟跟那种男人……”

伯父火冒三丈，怒气冲冲的脸上甚至流露出某种绝望。正因为他平时豁达幽默，这样的表情更令我胆战心惊，印象深刻。然而，我非去不可。

“伯父，对不起。但请您让我去吧。我必须去照顾我的丈夫。”

“音祢！你……你……”

伯父气得眼看就要上来抓我。建彦舅舅原本一直目瞪口呆地看着我们，这时慌忙从后面抱住伯父。

“好了，好了，姐夫，你这是干什么啊！旅店的人可都听见了。音祢，你也是，自己的身体还那么虚弱……”

“嗯，但我已经没关系了。阿姨，伯父，我实在对不起你们……”我走过他们身旁，正要离开。

“音祢啊，去的话先穿上这个。要是感冒就麻烦了。”品子阿姨从身后帮我穿上旅店的棉袍，声音里带着哭腔。

“阿姨，对不起。请您好好照顾伯父……”我踉踉跄跄地迈着坚定的步伐，朝走廊的另一头走去。

“音祢，你一定要去那个男人那儿？音祢，你真的不再回头了吗？”上杉伯父从后面追上来，声音里充满悲伤与绝望。

堀井敬三的房间很好找。里面亮堂堂地开着灯，拉门外的走廊上，四五个旅店的工作人员正在说话。一打开门，就看到金田一耕助先生、等等力警部、像是乡村医生的人和旅店老板端端正正地坐在一个仰躺着的男人枕边。后来听说，堀井敬三经过人工呼吸才终于恢复了正常。

“啊，音祢小姐！”

听到金田一耕助先生的话，堀井敬三霍地抬起头。他的神色比我想的开朗，我高兴得几乎要流下泪来。

“亲爱的……”我跌跌撞撞地扑向他。

“音祢……”堀井敬三抱住我，毫不避讳众人的目光，对我深深一吻。我将脸埋在他的胸前，抽抽搭搭地哭了起来。

“音祢，有什么好哭的。你看我这不是好端端的嘛。倒是你，身体怎么样了？”

“我已经不要紧了。再过两三天应该就能完全复原。”

“你也搬到这儿来吧？我们好互相照顾。我片刻也不能让你离开我了。”

“我也离不开你。”我抬眼望着堀井敬三的脖颈，上面有绳子留下的紫色勒痕，很深，连皮都快蹭破了。

“呀，凶手太过分了……”

“嗯，我差点就到阴曹地府报到去了。要在平时，我肯定不会输，绝对能反过来逮住凶手。没办法，现在身体还很虚弱。肚子饿没法战斗啊，哈哈！好了，音祢，你先站起来。大家都在看着我们呢。”

“嗯。”我意识到自己的脸颊刷地燃烧起来，赶忙站起身。就在这时，我的视线停留在了等等力警部正在摆弄的绳子上。“哎呀！”我禁不住瞪大眼睛。这不就是真田纽吗?!

“怎么了，音祢小姐？难道你对这条绳子有什么印象……”等等力警部往前凑了凑。

啊，那究竟是梦境，是幻觉，还是现实中发生过的事呢？不管是哪种情况，凭触感判断，当时缠在我脖子上的绳子应该是真田纽。

我把自己的经历和盘托出，等等力警部和金田一耕助先生一下子紧张起来，回过头问旅店老板："老板，三首塔旁边有类似碉堡的建筑吗？"

"不知道你们说的是不是那个烧炭用的窑洞。法然师父向来自己烧炭……"

"可是……可是……"金田一耕助先生露出半信半疑的表情。

"当时，我们先救出了音祢小姐，随后又着手营救俊作。在那期间，音祢小姐躺在三首塔的正殿里，我不记得曾经把她抬到附近有烧炭窑的户外啊……"

等等力警部说完，金田一耕助先生仿佛恍然大悟。

"对，对，想起来了！把你们抬出三首塔的时候，赶制的担架出了点儿问题，所以曾暂时把音祢小姐的担架放到地上。没错，那旁边确实有个像碉堡的东西。"

金田一耕助先生的兴奋之情溢于言表，他一边刷刷地挠着乱蓬蓬的头发，一边继续说："修理担架大概花了五分钟，但那时旁边有很多人，而且音祢小姐也处在昏迷状态……音祢小姐，你以前去过像碉堡的烧炭窑附近吗？"

"没有，我从来没有去过……所以当时也没认出是个烧炭窑。"

"真奇怪啊。照理说，此前一次都没见过的东西，是不会出现在梦境里的……音祢小姐，根据缠在你脖子上的绳子留下的触感，你确定是真田纽吗？"

我试着摸了摸警部手中的绳子。"是的，我确定那条绳子和这条一样。"

“刚才你还说，古坂史郎和佐竹由香利浑身都是泥，没错吧……”

金田一耕助先生和等等力警部看了看绳子，又看了看我，一言不发地注视着彼此。

不知为何，我忽然感觉背上蹿过一阵寒意，忍不住贴到堀井敬三身边。

恢复期

本来我们俩就身强体健，况且又不是生病倒下的，只是几天没吃东西身体虚弱而已。遵照医嘱，我们从米汤到带少量米粒的粥，再到稠粥，最后到米饭，循序渐进地恢复正常饮食，身体日益康复。

而且，从第三天开始，我们俩就能在鹭之汤的庭院里散步了。五天之后，我们的身体已完全恢复到了出事前的状态。啊，不仅如此，由于对堀井敬三不再像以前那样抱有怀疑和不安，我全身散发出年轻健康的活力。

“音祢，你这是怎么了？最近看起来更加美丽动人了，简直熠熠生辉。”堀井敬三说完，感慨地叹了口气，上上下下地打量着我。

“因为我已经没有需要操心的事了嘛。烦恼也好，痛苦也罢，都留在那口枯井里了。”

然而，尽管嘴上这么说，我的烦恼并没有完全消除。尤其是上杉伯父的震怒，完全超乎我的意料。上杉伯父、品子阿姨和建彦舅舅还住在鹭之汤，但我怕伯父再次动怒，尽量不接近他们的住处。不过偶尔我会趁伯父外出时去看望品子阿姨。但她总是哭个不停，对堀井敬三的事不闻不问，也没有开口的意思。

我坚信，只要能证明堀井敬三的真实身份——他才是真正的高头俊作，伯父和品子阿姨就肯定会原谅我们。说起这个，我最惦记的就是那幅按着手印的画卷。

“亲爱的，你去寻找过那幅画卷吗？”

某天夜里，我问堀井敬三。

“没有，音祢，我哪儿有那个时间啊。获救后我一直在卧床休养。对了，你没对任何人说起这件事吧？”

“嗯。可是，亲爱的，金田一先生知道这件事哦。他还告诉伯父和建彦舅舅了。”

“音祢！”堀井敬三似乎大吃一惊，“你说金田一先生知道画卷的事……”

“不，他好像不知道是画卷。但他说三首塔里面应该有能够证明你身份的东西……”

“这件事他告诉你伯父和建彦舅舅了？”堀井敬三看上去非常不安，“音祢，音祢，你已经不要紧了吧？”

“什么不要紧了？”

“我的意思是，你可以外出了，对不对？我想明天赶紧去三首塔寻找画卷，你也愿意来帮忙吧？”

“嗯，就这么办。可是，亲爱的，你是不是在怀疑建彦舅舅？”

但堀井敬三没有作答。

第二天，我们并没能顺利前往三首塔。前面忘记说了，随着我们的身体日益恢复，等等力警部和金田一耕助先生询问了我们很多事情。对于他们的提问，我们毫无隐瞒，将此前发生的一切和盘托出。坦白我们在国际饭店的房间内发生关系的经过时，堀井敬三十分难为情，我也禁不住满脸通红，但所幸等等力警部和金田一耕助先生一直很认真地听我们讲述。

另一方面，等等力警部和金田一耕助先生也在竭尽全力搜索古坂史郎和佐竹由香利的下落，却杳无音信，没找到半点儿关于两个人的消息。法然也一样。

且说，我和堀井敬三约好去三首塔探险的那天，从早上起天空就灰蒙蒙的，每秒十米以上的狂风在山丘山谷间肆虐。但我们还是准备出门，正收拾着东西，金田一耕助先生和等等力警部忽然来了。

“啊，你们要出去吗？”

“嗯，我们想出去散散步，稍微活动活动手脚……”

“那正好。音祢小姐，我们想请你去看样东西。”

“看什么？”

“三首塔旁边不是有个烧炭窑吗？我们想请你确认下，它是不是你梦中见到的那个碉堡。”

我和堀井敬三面面相觑，我们也正准备去三首塔呢。看到堀井敬三点了点头，我若无其事地回答：“好的。”

然而，我做梦也没有料到，彼时彼处会有那么可怕的东西在虎视眈眈地等着我。

第五章　三首塔灰飞烟灭

虽然不知道自己今后还会活多少年，但在那天、那个地方展现的可怕场景，恐怕将成为我有生之年难以消除的梦魇，遗留在我脑海里，没完没了地威胁我。

现在这样拿起笔，回想起那阴森而凄惨的一幕，手还是会不由自主地颤抖。多亏了温柔体贴、英勇顽强的丈夫陪伴在身边，面带微笑地鼓励我，我才有勇气把这个故事记录下去。

首先浮现在我眼前的，是那座在阴沉的狂风中摇摇晃晃、散发着不祥气息的三层宝塔的模样。如今想来，三首塔那时就已经面临灭亡的命运了。它被呼啸而至的阴郁狂风恣意地蹂躏，发出粉身碎骨般痛苦的呻吟。

在距离三首塔百米远的山崖下，立着那座备受关注的烧炭窑。而且我只看了一眼，就断定它正是之前在我梦中出现过的碉堡。浑身是泥的古坂史郎和佐竹由香利从这座碉堡的拱形暗穴中爬出来，然后又爬了回去。

我禁不住失声尖叫，紧紧抱住堀井敬三的胳膊。我从未来过这里，却清清楚楚地记得在梦中见过这座烧炭窑。三首塔也刚好在相应的位置。

“音祢，音祢，打起精神！你在梦中见过的就是这座窑吧？”

“而且，古坂史郎和佐竹由香利还从洞穴里爬出来，想勒死你，却没有成功，后来又爬了回去，是不是？”

金田一耕助先生与等等力警部面面相觑，嘶哑的声音在颤抖。

“是、是的……”

“金田一先生，到底要怎样处理这座窑？”

堀井敬三紧紧地抱住我，诧异地环顾四周。手持铁锹和丁字镐的巡警和便衣警察面色严峻，将烧炭窑团团围住。不远处，上杉伯父和建彦舅舅夹杂在村民中间，正好奇地望着这边。

“呃，高头先生……”金田一耕助先生似乎有些不好意思，挠着乱蓬蓬的头发说，“我们这会儿忽然变成超自然主义和神秘主义的信徒了。我开始想，音祢小姐梦到古坂史郎和佐竹由香利从这座窑中爬出来，是不是带有某种超自然的、超越现代科学界限的含义呢？因此，接下来我打算推倒这座窑，挖开地面看一看。那么，现在就请大家开始行动吧！”

虽然不是很明白金田一耕助先生所说的话，莫名恐怖的寒意还是源源不断地爬上我的背脊，令我不由自主地瑟瑟发抖。

“亲爱的……亲爱的……”

“音祢，音祢，你要振作。有我陪在你身边，别怕。”

堀井敬三用强壮的手臂搂着我的后背，目不转睛地望着警察们工作的场面。我心里想着坚决不看，视线却不听使唤，怎么都无法从那边移开。仿佛被一块强力的磁石吸引，我的视线被牢牢地固定在那座烧炭窑上。

用黏土做成的碉堡状烧炭窑在警察鹤嘴锄的敲击下立刻粉碎，黏土的粉末借着狂风呼地四散开来，落到我们头上。堀井敬三搂着我，倒退了五六步。

风越刮越猛，三首塔摇摇晃晃，发出临终前的呜咽。环绕着三首塔的山丘上，树叶早已落尽，光秃秃的树枝如女人凌乱的头发般随风飘舞，一片喧嚣。

碉堡状的烧炭窑眨眼之间便被夷为平地，警察们已经挥舞着铁锹挖土了。金田一耕助先生站在一旁，眼睛紧盯着铁锹落下的地方，乱蓬蓬的头发仿佛化身为怪物，根根倒竖，摇摆不定。

“有、有了！”突然间，一名警察喊道，随后原地跪下。

“小心一点儿，别伤到……”

“啊！这里也有东西！”

又有警察喊了一声，扔掉手中的铁锹蹲下。其他警察见状，纷纷丢下铁锹和鹤嘴锄，聚拢到两人旁边，开始徒手挖掘地面。

到底发现了什么？那些人想把什么挖出来……

警察们组成的人墙挡住了我们的视线，从这边什么也看不到。堀井敬三似乎早已猜了个八九不离十。

“音祢，你要振作一点儿。我陪在你身边，不会有事的。”

“嗯……”我的牙齿咯咯作响，背脊也开始轻轻颤抖。我的身体宛如狂风中光秃秃的树梢，在堀井敬三的怀里摇摇晃晃。

“亲爱的，紧紧地抱住我……”

“好。”

没过多久，警察们一齐爆发出震惊和愤怒的骂声，他们似乎从挖的坑里拖出了什么东西。

“音祢小姐，麻烦你这样的女士，我们非常过意不去，但是能不能请你帮忙看一眼？”

金田一耕助先生说话的同时，人墙自动左右分开。我看到了。

那是两具浑身沾满黏土的尸体……

两具尸体无论手脚还是身上的衣物，全都覆满黄褐色的泥，根本看不清面容。然而毫无疑问，这两具尸体的外形跟那天夜里的古坂史郎和佐竹由香利一模一样。

啊，没错。他们俩就像现在这样满脸都是黄褐色的泥，只有眼睛闪闪发光，连一根根睫毛上都是泥。而且，他们就是用那四只沾满泥的手，握紧真田纽的两端，想一左一右地勒死我……

“音祢，音祢！振作！我在这里！我在这里！别怕！”

我感觉堀井敬三的声音好像从无比遥远的地方传来。他使劲儿摇晃着我的身体，终于先一步将眼看要昏厥的我拉回了现实。但就在那时，等等力警部的可怕低语进入了我的耳中。

“金田一先生，这两人脖子上的痕迹，好像是真田纽勒出来的。”

“亲爱的……亲爱的……”我在堀井敬三的怀中呼喊，“他们是在我做那个梦之后被杀的吗？还是……还是我确实被幽灵缠身？”

“音祢小姐，看样子很可能是后一种情况。”

听到金田一耕助先生严肃的回答，我差点儿再次晕过去。

“不要！不要！别再说了，那么恐怖的事……”我把脸埋在堀井敬三胸前，像个磨人的孩子似的摇着头。

这时，一名警察说出的一句话倏地抓住了我的心。“警部，这儿挖出了这样的烟盒。不知道是被害人的，还是凶手的……”

烟盒？最近似乎在哪里听过类似的字眼。我猛地抬起头，看向警察手中的东西。

“啊！那是上杉伯父的……”

堀井敬三慌忙想捂住我的嘴，但早已来不及了。

包括金田一耕助先生和等等力警部，警察们不约而同地回头望向站在另一边的上杉伯父。

上杉伯父似乎大吃一惊，他紧锁眉头望向这边，很快便注意到了警察手里的烟盒。

啊，即便我今后能活成千上万年，也无法将伯父当时的表情从脑海中抹去。

平日豁达豪爽的伯父脸上眼看着现出恐惧之色，毛发倒竖，往日的温厚模样瞬间变成凶神恶煞的可怕形象。旋即，他快速转身，朝三首塔的方向狂奔而去。

“抓住那个家伙！别让他逃走！”等等力警部怒吼道。

可惜，等建彦舅舅和村民们留意到上杉伯父的举动回过头，伯父已经跑出去很远了。

“浑蛋！浑蛋！这个大浑蛋！”

目送着疾风中发疯般冲出去的等等力警部及其他警察的背影，我在堀井敬三的怀中打了个趔趄。风势愈加强劲，速度恐怕超过了每秒十五米。

“亲爱的，亲爱的！这到底是怎么回事？上杉伯父怎么了？”

“音祢，音祢，你要振作。什么都不用想。”

“可是、可是伯父的烟盒为什么会出现在那种地方……”

“好了好了，我说了你什么都不用……啊！”

堀井敬三忽然大叫。我吓了一跳，抬起头来，刚好看到头发凌乱的上杉伯父在呼啸的狂风中跳进三首塔的背影。

“音祢，音祢，放开我！放开我！那座塔里有我的命根子……我的命根子……”

“亲爱的，我也要去！别抛下我！”我手忙脚乱地拼命追在堀井敬三身后，不禁感觉一切的一切都脱离了正轨。

从状如碉堡的烧炭窑中挖出的两具尸体……在这种奇怪的地方出现的烟盒……眨眼间化身恶魔的上杉伯父……叫骂着“浑蛋”的等等力警部和警察们……

我的脑子跟天气一样混沌，完全丧失了拼接整理这些片段的能力。我唯独清楚的一点是，那座塔关系到我心爱的男人的命运。

等等力警部一行人比伯父晚了一步，到达三首塔时，两扇厚重的橡木门挡在他们面前。伴随着怒不可遏的吼声，警察们对着门一通乱撞，却被结结实实地弹了回来——伯父大概上了门闩。

“鹤嘴锄……拿鹤嘴锄来……”

等等力警部一发号施令，立即有两三个人往回跑。就在他们与我擦肩而过之际……

“啊！”跑在我前面的堀井敬三忽然发出悲痛欲绝、撕心裂肺的凄厉惨叫。

在狂风中抬起头，我看到了惊人的一幕——我们的希望正如幻梦般崩溃瓦解。

三首塔内部冒出滚滚浓烟。

啊，这座塔里没有安装电灯，照明全部依靠原始的煤油灯、蜡烛和菜籽油。

我闻到一股强烈的煤油味。还没回过神，便看见紧随黑烟之后，烈焰像巨蟒芯子似的飞舞起来。

聚集在门前的警察们见状，哇地炸开了锅，向后方退散。当扛着鹤嘴锄的几个人返回三首塔时，早已于事无补。又恰逢狂风推波助澜，火舌眼看着就吞没了整座塔。

“浑、浑蛋！”一瞬间茫然呆住的堀井敬三咬牙切齿地骂道。见他准备冲向熊熊燃烧的三首塔，我慌忙紧紧抱住他的胳膊。

“亲爱的，亲爱的，冷静一点儿……”

“放开我！放开我！音祢！我的命根子……我整个生命……”

“可是，亲爱的，亲爱的……”

“放开我！放开我！音祢……”阿修罗般暴跳如雷，形容的就是此时的堀井敬三吧。抱住他胳膊的我像条破抹布似的被甩来甩去。

“哎，高头，不，该称俊作。”金田一耕助先生顶着那乱蓬蓬的头发走到我身边，抓住堀井敬三的胳膊把他拉了回来，“你忘了我是金田一耕助吗？”

“哎？”

“我原本以为你更了解我一些呢，看来出乎我的意料啊。”

看着金田一耕助先生充满自信的笑脸，堀井敬三的瞳孔里顿时闪现出光芒。“金田一先生，那、那你……”

“哎，你听我说，高头。”此时的金田一耕助先生无论是态度还是口吻，都丝毫没有炫耀的意思。他只是淡然地将事情的原委告诉了堀井敬三。“我呢，是暗中跟踪刚才火烧三首塔的那个凶手来到这里的，结果发现了三首塔。在发现那口枯井之前，我把塔内搜了个底朝天。不知算幸运还是不幸，塔里竟没有一个人阻碍我的搜查。你觉得我是那种会忽略如此重要的物件的人吗？”

“先、先生！”堀井敬三当场扑通一声跪倒在地。我也跟着跪下来，把手搭在他的肩头。

“我从一开始就知道你……不，是你们俩在追寻什么。不过，高头俊作……”

“是。”

“这点等等力警部他们也都一清二楚，我没有十足的把握，或者说确切的证据，是不会妄下结论的。可我当时却直接称呼你为高头俊作了。说起来有些失礼……从枯井里把你救出来的时候，你陷入短暂的昏迷状态。于是我悄悄派人采下了你的指纹，而且我对指纹鉴定的结果相当自信。”

“先生！金田一先生！”堀井敬三双手伏地，深深地垂下头，涕泗滂沱。

当时，这个身材瘦小、长相寒酸的人站在狂风之中，满头乱发随风飘舞，皱巴巴的袖筒和裤裙被吹得哗哗作响，看起来却是那样伟岸！在我眼中，他的背后简直光芒四射。

“金田一先生，谢谢您！”我也坦诚地叩谢。

就在这时，伴随着噼里啪啦的巨响，整座三首塔像被吹了层金粉，淹没在烈焰中。

“唉，一切总算尘埃落定了。凶手也和三首塔共同化为乌有，大概再也不会有血腥的杀戮事件发生了。”

听着金田一耕助先生自言自语，我和堀井敬三抱在一起，久久地、久久地凝视着在狂风中灰飞烟灭的三首塔。

大团圆

啊，多么安稳平静的日子。浑身浸在那片血海之中，不停地挣扎喘息时，我根本不敢奢望自己能回到如此无忧无虑的时光……

眼下，我正待在湘南可俯瞰大海的温暖房间内，继续写着这本手记。身旁，我心爱的丈夫以轻松自在的姿势靠在沙发上，安静地看着书。我们时不时地抬起眼，互赠一个充满爱意的微笑。

玄藏老先生在大洋彼岸过世了，我们正在办理继承庞大遗产的手续。我们请黑川律师夫妇作为我们的媒人，结为连理，热海这所房子也是在黑川律师的帮助下购置的。

偶尔，建彦舅舅和笠原薰会结伴来玩。听说他们也要结婚了。我们说办完继承手续后，一定要给些补偿，舅舅却笑着说不必费心。

现在我们最关心的，是如何安慰伤心的品子阿姨。她已从东京的宅子搬出，在镰仓疗养身心。正由于对伯父深信不疑，她的唉声叹气才让人更觉凄楚。我们多次请求把她接到这个家来，她没有应允。但我相信她总有一天会被我们的诚意打动，同意跟我们生活在一起。

说起来，人心真是难测啊！伯父竟然爱着我！而且，他的爱跟如今伴我左右的丈夫爱我的含意一样。

“是啊，这才是所有悲剧的根源。”金田一耕助先生表情严肃地说道，“上杉先生大概不想把音祢小姐交给任何人吧。于是，他首先杀掉了被指定为音祢小姐丈夫的高头俊作……当然，实际上是俊作的堂弟五郎。但如此一来，他又替音祢小姐丧失遗产继承权感到惋惜。这恐怕不是出于他的私欲，而是为心爱之人着想。但第二封遗嘱公布时，他从志贺雷藏和鬼头庄七的话中获得启发，哪怕只有一个人死掉，音祢小姐继承的份额也会相应增加。就这样，一连串可怕的杀戮拉开了帷幕。他可能想以此来赎罪吧，毕竟音祢小姐因为他而丧失了继承全部财产的权利。”

“但是，金田一先生，难道上杉先生在庆祝他寿辰那晚，就已经知道笠原薰是佐竹家的一员了吗？”

听到我丈夫理所当然的疑问，金田一耕助先生是这样回答的。

“说起来啊，正是由于那起命案，上杉先生才得以长期隐藏在我们的盲点中。因为他应该不可能知道你说的那件事。”

“这是为什么……”

“高头，理性地看待所有的事物，这很好，而且也应该这么做。但另一方面，我们也得知道，这个世界上存在着不可思议的巧合和偶然。话虽如此，那一晚笠原薰和笠原操姐妹前去表演，却既非巧合也非偶然，因为佐竹建彦先生知道她们是自己的亲人，便专门带到现场去。然而，但上杉先生从那个房间，也就是五郎被杀的房间走出来时，没想到偶然被笠原操撞见……这已经和笠原操是不是佐竹家族的一员没有任何关系了，当然不能留下活口。碰巧笠原操又是佐竹家族的一员，于是这反而让上杉先生站在了有利的位置上。”

“原来是这样。”

丈夫感慨良多，我更是百感交集。

之后想来，笠原操虽然是第三个牺牲者，却是我目击的第一个牺牲者。自那以后，我就迫不得已地走上了在血海中跋涉的道路。

想到这里，尽管此刻身处安逸的环境，我仍会感到冷汗直流，不禁瑟瑟发抖。丈夫常鼓励我尽快忘记这些不愉快的经历。

“对了，金田一先生，杀掉那个私家侦探是因为……”

“我猜上杉先生并不知道五郎身上有那个刺青。所以，他想让别人觉得被害人和自己毫无关系，是个彻彻底底的陌生人。但只有一个人知道他们的关系，那就是私家侦探岩下先生。所以，上杉先生大概以为只要杀他灭口，就神不知鬼不觉了。”

以上是金田一耕助先生的说明。经过他这一解释，所有的谜团都解开了。

在其他几起凶杀案中，也找不到证据证明凶手不可能是伯父。

比如第二封遗嘱公开后的第一个牺牲者岛原明美。在那起案件中，我的不在场证明遭到了严厉的追究，但谁也没有把注意力放到伯父身上。恐怕其他案件也是如此。

据说巡回演讲时，伯父有两天左右是单独行动的。他大概从古坂史郎皮箱里放的照片背面得知了三首塔的地址，然后悄悄地潜入黄昏村，接下去……接下去他就……

只有一件事谁都无法理解，就是我做的那个噩梦。正是它成了破解案件的关键线索，所以至今回想起来我还是不由得毛骨悚然。

不过，关于这个谜，我决定不再深究了。

连金田一耕助先生那种信奉理性主义的人都沮丧地说："这个世界上还有理外之理啊。"

那我必定是想破脑袋也想不出答案了。

在这里还要补充一件事。据说法然在事件发生大约十天后，被人发现在黄昏岭的深山里上吊了。他不是死于他人之手，而是自杀。

而且，据说法然的死亡日期在古坂史郎和佐竹由香利之后。令人不解的是，在法然上吊的那棵树的树根旁散落着五六片竹皮——跟鬼头庄七的饭团外面包裹的一模一样，上面还粘着很多饭粒。

这样想来，事情果真如丈夫在枯井中所料，古坂史郎、佐竹由香利、法然与鬼头庄七这四个人发生了严重的内讧，关系破裂。

且不论法然有没有参与杀害鬼头庄七，但他应该也萌生了逃离另外两名同伴的念头。所以，他准备好充足的粮食，逃进了黄昏岭的深山中。虽然在那儿勉强支撑了一段时间，等到食物全部吃光，他也只能选择上吊。

或许这也算是他堕入同性恋地狱的下场。

到这里，我权当把事情大致的来龙去脉都交代清楚了。只不过，我还存有一个疑问。那就是当上杉伯父的烟盒与古坂史郎和佐竹由香利的尸体一同被挖出来时，丈夫为制止我发言，慌忙捂住了我的嘴。这个问题我现在就问问吧。

"亲爱的，我有件事想问你。你会老实回答吗？"

"什么事，音祢？"

"莫非你很早之前就知道上杉伯父是凶手了？"丈夫默默地看向我。注意到我深思的表情，他站起来打开他专用的化妆柜的抽屉，取出一个装戒指的盒子。"你打开看看。"

我不假思索地打开一看，顿时惊讶得屏住呼吸。里面放着一枚珍珠做的纽扣。很显然，是伯父衬衫上的纽扣。“亲爱的，这是……”

“音祢，那次关系到遗产继承的所有人都聚到了黑川律师那儿，你上杉伯父也在场，记得吗？当时，我在他的衬衫上见过这枚纽扣。后来我在江户川公寓发现，被害的海伦根岸手心里也攥着这枚纽扣。可是我不想伤你的心，所以只字未提。我不希望自己破坏掉你纯真的心中最敬爱的上杉伯父的美好形象，你明白吗？”

“亲爱的……亲爱的……”我的眼泪夺眶而出，顺着脸颊一个劲儿地往下淌。在此之前，我还总骂这个人是坏蛋。

“音祢，你稍微冷静一下，听我把话说完好不好？我觉得这件事对你也非常重要……”

“嗯，什么事？”

“你伯父亲手杀了那么多人，而且直到在三首塔旁挖出烟盒，他都没有露出过马脚，世上的人也许会将他看作邪恶的天才和罕见的完美计划型罪犯。但我认为实际上并非如此。”

“啊……”

“我觉得，你伯父只是漫无计划、听天由命型的罪犯而已。不过是以他的地位、身份和名望，再加上诸多的偶然，才得以在之前没有露出马脚。比如在东京发生命案时，总是会出现叫宫本音祢的女人和来历不明的黑市中间商，这就迷惑了警方，转移了他们的注意力。当然金田一先生是个例外。这枚纽扣和烟盒就是很好的例子，我想你伯父在其他很多地方也留下了破绽。”

是的。身为学者的上杉伯父稍微有些冒失，经常丢三落四，以前老挨和子姨妈数落……

我说了这些事之后，丈夫点点头说："是吧。这种人竟然会干出杀人的事来，完全是出于对你的爱。正如金田一先生也说过的，他带着对你赎罪的想法，才杀了那么多人。你伯父并不是世人通常以为的那样，他既不是邪恶的天才，也不是天才型罪犯。因此，我轻而易举地原谅了他。我觉得，你也应该原谅他。"

"亲爱的，谢谢你。"

我终于忍不住，当场哭倒在地。